हे राम

हे राम

रामधारी सिंह 'दिनकर'

लोकभारती प्रकाशन

लोकभारती प्रकाशन
पहली मंजिल, दरबारी बिल्डिंग, महात्मा गांधी मार्ग
प्रयागराज-211 001
वेबसाइट : www.lokbhartiprakashan.com
ईमेल : info@lokbhartiprakashan.com
शाखाएँ : 1-बी, नेताजी सुभाष मार्ग, दरियागंज
नई दिल्ली-110 002
अशोक राजपथ, साइंस कॉलेज के सामने
पटना-800 006
1, अनमोल सोराबजी संतुक लेन, धोबी तलाव,
मरीन लाइंस, मुम्बई-400 002

पहला संस्करण : 1969
पहला (लोकभारती) संस्करण : 2019
दूसरा संस्करण : 2024

मूल्य : ₹395

मुद्रक : विकास कंप्यूटर एंड प्रिंटर्स
ट्रॉनिका सिटी-201 102

HE RAM
Radio Drama by Ramdhari Singh 'Dinkar'

ISBN : 978-93-88211-95-6

प्राक्कथन

पूज्य राष्ट्रकवि रामधारी सिंह 'दिनकर' को गुजरे छियालीस वर्ष हो गए। अब उनकी 110वीं जयन्ती का वर्ष बीत रहा है।

यूँ तो महाकवि दिनकर जी को राष्ट्रकवि कहा गया है पर महीयसी महादेवी वर्मा ने कहा था कि वे विश्वकवि हैं, क्योंकि उनकी कविताओं में मात्र राष्ट्रीयता की वाणी और उसकी स्वायत्तता का गौरवगान और संघर्ष नहीं है वरन् प्रेम का एक व्यापक क्षितिज है जो उन्हें विश्वकवि की श्रेणी में ले आता है। 47वस्तुतः दिनकर जी एक ही साथ विश्वकवि, महाकवि, राष्ट्रकवि और जनकवि–सभी हैं। उनकी विभिन्न कविताओं में भिन्न-भिन्न तौर पर उनके काव्य-व्यक्तित्व का वैशिष्ट्य प्रकट होता है।

दिनकर जी आज भी पाठकों के सर्वाधिक प्रिय कवि हैं और प्रासंगिक भी। उनकी कविताओं में आग है, राग है और अध्यात्म है। उनकी कविताओं का अवगाहन कर प्रतीत होता है कि वे अपने समकालीन कवियों से अलग तरीके से पाठकों के समक्ष प्रकट होते हैं।

दिनकर जी ने कहा था कि सच्चा कवि हमेशा जीवित रहता है—उसके प्रति राग और द्वेष के कारण उसके सामने उसका सही मूल्यांकन नहीं हो पाता। किसी कवि का सही मूल्यांकन उसके निधन के पचास वर्ष बाद होता है। और हम देख रहे हैं, जैसे-जैसे समय गुजरता जा रहा है, दिनकर जी की कविताओं की लोकप्रियता बढ़ती जा रही है।

पूर्व में दिनकर जी की सभी किताबें लोकभारती प्रकाशन से कुछ नवीन स्वरूप और अलग नाम देकर प्रकाशित हुई थीं। अब सभी पुस्तकें अपने पुराने नाम और प्रारूप में प्रकाशित हो रही हैं। आशा है, इससे दिनकर-प्रेमी हिन्दी साहित्य जगत् सन्तुष्ट होगा।

—अरविन्द कुमार सिंह

दिनकर भवन
आर्य कुमार रोड
पटना-800004

भूमिका

'हे राम' मेरे तीन रेडियो-रूपकों का संग्रह है। रेडियो-रूपक की विशेषता शब्दों की ध्वनि में है। रेडियो-रूपक में ध्वनि के ही जरिये कथा कही जाती है, चरित्र-चित्रण किया जाता है और प्रसंग का कवित्व उभारा जाता है। रेडियो-रूपक पढ़ते समय पाठक यदि यह कल्पना करें कि रूपक वे पढ़ नहीं रहे हैं, बल्कि वह बोला जा रहा है, तो उनका आनन्द कुछ बढ़ जाएगा।

गांधी जी के जीवन-चरित से सभी परिचित हैं। इस पुस्तक में गांधी जी पर जो रूपक दिया गया है, वह उनके जीवन के अन्तिम चार वर्षों की झाँकी प्रस्तुत करता है। किन्तु स्वामी विवेकानन्द और महर्षि रमण वाले रूपक दोनों महात्माओं के सम्पूर्ण जीवन पर प्रकाश डालते हैं।

हिन्दी-भाषी प्रान्तों में महर्षि रमण के विषय में जानकारी अभी बहुत थोड़ी है। आशा है, इस पुस्तक से वह अभाव कुछ अंश तक दूर हो जाएगा और पाठकों के भीतर महर्षि के जीवन और साहित्य के प्रति उत्सुकता जाग्रत होगी।

—दिनकर

नई दिल्ली
जुलाई, 1969 ई.

अनुक्रम

स्वामी विवेकानंद

[गंभीर संगीत]

वाचक : यदा यदा हि धर्मस्य ग्लानिर्भवति भारत,
अभ्युत्थानमधर्मस्य तदात्मानं सृजाम्यहम्।
परित्राणाय साधूनां विनाशाय च दुष्कृताम्,
धर्मसंस्थापनार्थाय संभवामि युगे युगे।

वाचक : अवतार अचानक ही आकाश से नहीं टपक पड़ते। उनका आभिर्भाव काल की आवश्यकताओं के अनुसार होता है। जब समाज बर्बर और हिंसापूर्ण था, अवतार भगवान परशुराम का हुआ, क्योंकि जिस समाज के लोग अहिंसा की महिमा नहीं समझते, कुठार की वाणी उनकी भी समझ में आ जाती है।

वाचिका : और सभ्यता जब परिपाक पर पहुँची, लोगों को इस बात में भी शंका दिखाई देने लगी कि यज्ञ में पशुओं की बलि देना पुण्य है या नहीं।

वाचक : बुद्धदेव ने यज्ञ में पशुओं की बलि देने वाली प्रथा को पाप समझा और उन्होंने मनसा, वाचा, कर्मणा हिंसा की मनाही कर दी। सभी कर्मठ मनुष्यों के समान अवतार भी अपने जीवन में अनेक प्रकार

के कार्य करते हैं, किन्तु उनका खास जोर दो-एक मूल सिद्धान्तों पर होता है। भगवान रामचन्द्र का सारा बल इस सिद्धान्त पर था कि सभी अवस्थाओं में कर्तव्य प्रमुख और भावना गौण है।

वाचिका : और जब भावना की उपेक्षा से समाज को असन्तुलन का भान हुआ, तब आविर्भाव भगवान श्रीकृष्ण का हुआ, जिनकी शिक्षा यह थी कि भावना और कर्तव्य के बीच जब द्वन्द्व हो, तब उस द्वन्द्व का समाधान अनासक्ति में खोजो। किन्तु उन्नीसवीं सदी में आविर्भूत होने वाले अवतारों का जोर किस बात पर था?

वाचक : उन्नीसवीं शताब्दी बौद्धिक कोलाहल का काल था। अंग्रेजी भाषा के साथ यूरोपीय बुद्धिवाद के प्रचार से भारतवासियों के परम्परागत विचारों को बड़े जोर का धक्का लगा और उनमें से कितने ही लोग गम्भीर होकर यह सोचने लगे कि मूर्तिपूजा ठीक है या नहीं, व्रतों और अनुष्ठानों से वास्तविक धर्म का क्या सम्बन्ध है तथा पुराणों में जो विचित्र कथाएँ मिलती हैं, उनकी सार्थकता क्या है।

वाचिका : इसीलिए हम देखते हैं कि उन्नीसवीं सदी में निराकारवादी आन्दोलनों का बाहुल्य है। ब्राह्मसमाज, प्रार्थना-समाज, आर्य-समाज—ये सभी आन्दोलन हिन्दुत्व के उसी रूप को मानते हैं, जो निराकारवादी है, जो मूर्तिपूजा के खिलाफ है, जो जात-पाँत को उपेक्षा की दृष्टि से देखता है।

वाचक : झगड़ा उस समय केवल निराकार और साकार का ही नहीं था, बल्कि ईसाई धर्मोपदेशक हिन्दू धर्म और इस्लाम से झगड़ रहे थे और इस्लाम तथा

हिन्दुत्व के बीच भी मेल कम, खटपट कुछ ज्यादा हो गई थी। विज्ञान और बुद्धिवाद के प्रचार से खलबली हर एक के भीतर मच गई थी और प्रत्येक धर्म अपने को अन्य सभी धर्मों से श्रेष्ठ सिद्ध करने में लगा हुआ था। धर्म को लेकर झगड़े, धर्म को लेकर भाषण और विवाद तथा धर्म को लेकर शास्त्रार्थ–ये उन्नीसवीं सदी के बौद्धिक कोलाहल के प्रधान लक्षण थे।

वाचिका : किन्तु परमहंस रामकृष्ण तो पंडित नहीं थे। क्या वे भी शास्त्रार्थ करने को प्रस्तुत रहते थे?

वाचक : नहीं; उस तमाम कोलाहल में केवल परमहंस रामकृष्ण ही थे, जो अविचल और शान्त थे। उन्होंने भाषण नहीं दिये, अपने मतों के प्रचार के लिए अखबार नहीं निकाला, न कभी किसी के साथ वे शास्त्रार्थ में फँसे। कलकत्ते के पास दक्षिणेश्वर के मन्दिर में बैठे-बैठे वे शान्त भाव से साधना करते रहे। जनता ने पंडितों के तर्कों को सुनकर उन पर श्रद्धा अवश्य दिखाई, किन्तु धर्म कैसा होता है, इसका ज्ञान जनता को परमहंस रामकृष्ण के जीवन को देखकर हुआ। और लोग धर्म की बातें करते थे, परमहंस रामकृष्ण धर्म के जीते-जागते स्वरूप थे।

वाचिका : तो फिर परमहंस रामकृष्ण के विचारों का हम विश्वव्यापी प्रचार कैसे देखते हैं? उस एकान्त साधक की अनुभूतियाँ दिग्दिगंत में कैसे फैल गईं?

वाचक : प्रत्येक कृष्ण के साथ किसी अर्जुन का आगमन होता है। प्रत्येक बुद्ध अपने साथ किसी आनन्द को लिये आते हैं और जब भी राम का आगमन होता है, तब हर बार उनके साथ कोई लक्ष्मण भी

पधारते हैं। परमहंस रामकृष्ण को पुरानी दुनिया से जो कुछ कहना था, उन्होंने स्वयं कहा। किन्तु नई दुनिया में अपना सन्देश फैलाने को वे विवेकानन्द की आत्मा में प्रविष्ट हो गए। विवेकानन्द रामकृष्ण के लक्ष्मण थे, अर्जुन थे, आनन्द थे। रामकृष्ण जिए इसलिए कि उन्हें विवेकानन्द को तैयार करना था और विवेकानन्द का अवतार ही इसलिए हुआ था कि वे परमहंसदेव के सन्देशों का विश्वव्यापी प्रचार करें।

वाचिका : क्या विवेकानन्द आरम्भ से ही आस्तिक प्रवृत्ति के थे?

वाचिका : नहीं, आस्तिक तो क्या, अपने छात्र-जीवन में वे नास्तिक थे, सन्देहवादी थे और बुद्धि की कसौटी पर परखे बिना किसी भी बात को स्वीकार नहीं करते थे। किन्तु भगवान को जिससे जैसा काम लेना होता है, वे उसे वैसे ही परिवेश में डाल देते हैं।

वाचिका : सुना है, विवेकानन्द एक वकील के खानदान में जन्मे थे?

वाचक : हाँ। विवेकानन्द के पिता का नाम विश्वनाथ दत्त था और वे वकील थे। विवेकानन्द के पर-पितामह भी वकील थे और उनके पितामह दुर्गाचरण दत्त ने भी वकालत शुरू की थी। किन्तु भरी जवानी में ही उन्होंने संन्यास ले लिया और फिर लौटकर वे घर नहीं आए। विवेकानन्द की माता भुवनेश्वरी देवी धर्मप्राण महिला थीं। जब बहुत दिनों तक उन्हें कोई सन्तान नहीं हुई, उन्होंने काशी में वीरेश्वर विश्वनाथ के यहाँ पुरश्चरण करवाया और इसी पुरश्चरण के फलस्वरूप विवेकानन्द का जन्म हुआ। इसीलिए विवेकानन्द का आदि नाम वीरेश्वर

रखा गया था, यद्यपि बाद को चलकर घर के लोग उन्हें नरेन्द्रनाथ कहने लगे।

वाचिका : क्या नरेन्द्रनाथ अपने बचपन में भी तेजोवान् थे?

वाचक : बड़े उपद्रवी थे। उनके उपद्रवों से घबराकर उनकी माता कहा करती थीं : 'हाय, मैंने शंकर से तो एक सन्तान माँगी थी, किन्तु महादेव ने स्वयं न आकर मेरी कोख में एक भूत को भेज दिया।' बालक नरेन्द्र क्रोधी थे। वे कभी-कभी आवेश में आकर बेतरह चीखने-चिल्लाने और काँपने लगते थे। उस समय माता उन पर एक लोटा पानी डालकर शिव नाम का उच्चारण करतीं और यह नाम सुनते ही बालक नरेन्द्रनाथ शान्त हो जाते थे।

वाचिक : सुना है, नरेन्द्रनाथ बचपन से ही धार्मिक प्रवृत्ति के थे?

वाचक : धार्मिक प्रवृत्ति के भी थे और बुद्धिवादी भी। साधुओं और संन्यासियों के प्रति उन्हें बचपन से ही श्रद्धा थी और बचपन से ही वे खेल-खेल में पूजा-पाठ और ध्यान भी किया करते थे। किन्तु खुद जाँचे बिना किसी भी बात को कबूल नहीं करना भी उनके स्वभाव में था। विश्वनाथ दत्त के एक मुनीम मुसलमान थे। उनका हुक्का अलग रखा रहता था। नरेन्द्रनाथ ने सुन रखा था कि हिन्दू को मुसलमान का हुक्का नहीं पीना चाहिए। अतएव उन्होंने एक दिन चुराकर उस हुक्के में मुँह लगा दिया। इतने में पिता ने उन्हें देख लिया और वे बोले :

विश्वनाथ दत्त : क्यों, यह क्या कर रहा है नरेन्द्र?

वाचक : नरेन्द्रनाथ सकपकाए नहीं। उन्होंने कहा :

नरेन्द्रनाथ : मैं इस बात की परीक्षा कर रहा था कि अगर जाति-भेद न मानूँ तो मेरा क्या होगा?

वाचक : नरेन्द्रनाथ के घर के पास एक पड़ोसी का चंपक का पेड़ था। नरेन्द्रनाथ उसकी फुनगी पर चढ़कर झूला झूलते थे। एक दिन पेड़ के मालिक को चिन्ता हुई, बच्चा किसी दिन पेड़ से गिर न जाए। अतएव मीठी बोली में उस बूढ़े ने नरेन्द्रनाथ से कहा :

बूढ़ा : बेटा, उस पेड़ पर न चढ़ा करो।

नरेन्द्रनाथ : क्यों, इस पेड़ पर चढ़ने से क्या होता है?

बूढ़ा : उस पेड़ पर ब्रह्मराक्षस रहता है। उसके दाँत बड़े-बड़े हैं। वह अपने पेड़ का अपमान करने वाले की गर्दन मरोड़ डालता है।

वाचक : नरेन्द्रनाथ ने नीचे उतरकर बूढ़े की बात का काफी सम्मान किया। बूढ़े ने समझा, चलो, काम बन गया। मगर उसके जाते ही नरेन्द्रनाथ उस पेड़ पर फिर से चढ़ गए और फिर झूला झूलने लगे। वे मन-ही-मन सोचने लगे :

नरेन्द्रनाथ : ब्रह्मराक्षस महोदय को एक बार देखूँ तो कि वे कैसे हैं!

वाचक : लेकिन नरेन्द्रनाथ का साथी काफी भयभीत हो गया था। उसने काँपते कंठ से कहा :

साथी : नहीं भाई, नरेन, ब्रह्मराक्षस की बात कौन जाने? न मालूम, कब किधर से आकर गर्दन मरोड़ दे!

वाचक : किन्तु नरेन्द्रनाथ कब डरने वाले थे! उन्होंने कहा :

नरेन्द्रनाथ : तू निपट मूर्ख है। तेरे दादा डराने के लिए झूठ-मूठ बात बना गए। अगर सचमुच इस पेड़ पर ब्रह्मराक्षस रहता तो उसने मेरी गर्दन कब की मरोड़ दी होती।

वाचिका : सचमुच ही बड़े अद्भुत बालक थे नरेन्द्रनाथ। किन्तु रामकृष्णदेव के सम्पर्क में कैसे आए?

वाचक : कॉलेज में पढ़ते समय उनके भीतर यह जिज्ञासा उत्पन्न हुई कि परम सत्य तक पहुँचने का कौन-सा मार्ग है। उन्होंने यूरोप के समस्त दर्शन को छान डाला, तेजस्वी विद्वानों की संगति की, ब्रह्मसमाज के वे सदस्य बने, किन्तु शान्ति उन्हें नहीं प्राप्त हुई। धार्मिक प्रेरणा से वे इतने बेचैन हो उठे कि उन्होंने अपने पिता से कह दिया कि मैं विवाह नहीं करूँगा। उनका यह निर्णय जान लेने पर श्री विश्वनाथ दत्त ने पहली बार परमहंस रामकृष्ण का नाम उनके कान में डाला और कहा :

विश्वनाथ दत्त : यदि तेरे मन में सचमुच धर्म-प्राप्ति की इच्छा है, तो व्यर्थ ही अनेक स्थानों पर भटकने से कोई लाभ नहीं होगा। दक्षिणेश्वर में श्रीरामकृष्ण के पास चला जा।

वाचिका : फिर वे दक्षिणेश्वर चले गए?

वाचक : नहीं। यही प्रेरणा उन्हें एक और व्यक्ति से प्राप्त होने वाली थी। वह व्यक्ति उनके कॉलेज के प्रिंसिपल मिस्टर हेस्टी थे। मिस्टर हेस्टी अपने छात्रों को यह बता रहे थे कि प्रकृति-सौन्दर्य को देखते-देखते कैसे कवि वड्र्सवर्थ को समाधि लग जाती थी। किन्तु यह समाधि की बात छात्रों के पल्ले नहीं पड़ रही थी। अतएव हेस्टी साहब ने उन्हें समझाकर कहा :

मिस्टर हेस्टी : चित्त की पवित्रता और किसी विषय में मन की एकाग्रता हो जाने से यह अवस्था प्राप्त हो जाती है। किन्तु ऐसे पुरुष बहुत विरले दिखाई देते हैं।

मेरे देखने में तो दक्षिणेश्वर के श्रीरामकृष्ण परमहंस ही एक अकेले ऐसे पुरुष हैं। वहाँ जाकर उनकी यह अवस्था देखने से तुम लोगों को इस विषय की बहुत-सी जानकारी प्राप्त हो जाएगी।

वाचक : किन्तु श्री रामकृष्ण से नरेन्द्रनाथ का पहला साक्षात्कार अकल्पित रीति से हुआ। बात यह हुई कि श्री रामकृष्ण के एक भक्त श्री सुरेशचन्द्र मित्र नरेन्द्रनाथ के पड़ोस में रहते थे। एक दिन ऐसा हुआ कि श्री रामकृष्ण श्री सुरेशचन्द्र के घर पर पधारे और श्री सुरेशचन्द्र ने, और किसी गवैये को न पाकर, पड़ोस के विश्वनाथ दत्त के बेटे यानी नरेन्द्रनाथ को इसलिए बुलवा लिया कि वह परमहंसदेव को कोई गाना सुना दे।

वाचिका : स्वामी विवेकानन्द गाते भी थे?

वाचक : स्वामी विवेकानन्द अनेक गुणों के आगार थे। अत्यन्त मेधावी छात्र होने के साथ-साथ वे पहलवान भी थे। वे कुश्ती भी लड़ते थे, गायन भी करते थे और तबला भी बहुत अच्छा बजाते थे। उस दिन परमहंसदेव को उन्होंने जो गीत सुनाया, वह ब्रह्मसमाज का गीत था जिसकी टेक है : 'मन चलो निज निकेतने'।

नरेन्द्रनाथ : *(गाकर)*

मन चलो निज निकेतने।
संसार विदेशे, विदेशीर वेशे, भ्रमो केनो अकारणे?
विषय-पंचक आर भूतगण,
सब तोर पर, केउ नय आपन।
पर प्रेमे केनो होये अचेतन
भुलिछो आपन जने?
मन चलो निज निकेतने।

वाचक : गीत सुनते-सुनते श्री रामकृष्ण को भाव-समाधि लग गई। जब समाधि टूटी, उन्होंने कहा :

रामकृष्ण : कितना सुन्दर कंठ है! कितना भाव-विभोर होकर गाता है! बेटा, क्या एक दिन शीघ्र ही वहाँ दक्षिणेश्वर आ सकोगे?

नरेन्द्रनाथ : हाँ, महाराज! आऊँगा।

वाचक : उस पहली मुलाकात में और कोई बात नहीं हुई। नरेन्द्रनाथ के भीतर आध्यात्मिक जिज्ञासा आग के समान धधक उठी थी। वे ईश्वर का दर्शन पाना चाहते थे। एक दिन इसी व्याकुलता में वे महर्षि देवेन्द्रनाथ ठाकुर के समक्ष जा खड़े हुए और उनसे पूछ बैठे :

नरेन्द्रनाथ : महाराज, आपने ईश्वर को देखा है?

वाचक : महर्षि भला क्या उत्तर देते? उनके मुख से केवल यह निकला :

महर्षि : बेटा, तुम्हारी आँखें योगियों की-सी लगती हैं।

वाचक : और श्री रामकृष्ण का दर्शन करने को नरेन्द्रनाथ जब दक्षिणेश्वर गए, तब श्री रामकृष्ण से भी उन्होंने यही प्रश्न किया था।

नरेन्द्रनाथ : महाराज, क्या आपने ईश्वर को देखा है?

वाचिका : श्री रामकृष्ण ने क्या कहा भला?

वाचक : उन्होंने कहा :

रामकृष्ण : हाँ, बेटा! मैंने ईश्वर को देखा है। तुम्हें जिस तरह प्रत्यक्ष देख रहा हूँ, इससे भी कहीं अधिक स्पष्ट रूप से उन्हें देखा है। क्या तुम भी उन्हें देखना चाहते हो? यदि मेरे कहे अनुसार काम करो तो तुम्हें भी दिखा सकता हूँ।

वाचक : नरेन्द्रनाथ को लगा, मानो अँधेरे में भटकती हुई नाव को कहीं रोशनी मिल गई। आखिर एक

व्यक्ति तो मिला, जो ईश्वरदर्शी होने का दावा करता है। श्री रामकृष्ण ने उस दिन भी नरेन्द्रनाथ से किसी गाने की फरमाइश की और उस दिन नरेन्द्रनाथ ने उन्हें किसी मुस्लिम सूफी कवि का एक गीत सुनाया।

नरेन्द्रनाथ : *(गाकर)*

तुझसे हमने दिल को लगाया,
जो कुछ है सो तू ही है।
एक तुझी को अपना पाया,
जो कुछ है, सो तू ही है।
सब के मकां दिल का मकीन तू,
कौन-सा दिल है जिसमें नहीं तू?
हर एक दिल में तू ही समाया,
जो कुछ है, सो तू ही है।
मलाइक क्या? क्या इनसान?
क्या हिन्दू, क्या मुसलमान?
जैसे चाहा, तूने बनाया,
जो कुछ है, सो तू ही है।

वाचक : एक ऐसे युग में जब सभी धर्म आपस में लड़ रहे थे, श्री रामकृष्ण ने सभी धर्मों की मूलभूत एकता की अनुभूति प्राप्त की थी। बारी-बारी से उन्होंने वैष्णव और शाक्त, निराकार और साकार– सभी पंथों की साधना की थी और सबको सत्य पाया था। यही नहीं, बल्कि उन्होंने कुछ दिनों तक मुसलमान की तरह रहकर इस्लाम धर्म की भी साधना की थी और थोड़े दिनों तक ईसाई की तरह रहकर ईसाइयत के मार्ग से भी सिद्धि प्राप्त की थी। अतएव नरेन्द्रनाथ के मुख से उन्होंने जो गीत सुना, उसमें उन्हें अपनी ही

साधना की झंकार सुनाई पड़ी। बस, क्या था! वे समझ गए कि नरेन्द्र ही वह पुरुष है, जो उनकी अनुभूतियों का सन्देश अखिल विश्व को सुनाएगा। बाद को चलकर नरेन्द्र से अपनी इस भेंट का वर्णन करते हुए श्री रामकृष्ण अपने भक्तों से कहा करते थे :

रामकृष्ण : जब नरेन्द्र आया, उसका ध्यान अपने शरीर की ओर बिलकुल नहीं था। किसी भी बाह्य वस्तु की ओर उसका लक्ष्य नहीं था। उसकी आँखों से ऐसा दिखाई दिया, मानो उसके मन को किसी ने जबर्दस्ती अन्तर्मुखी बना दिया हो! यह सब देखकर मैंने यह सोचा कि विषयी लोगों के आगार इस कलकत्ता शहर में इतना बड़ा सतोगुणी अधिकारी कहाँ से आ गया? उसके चले जाने के बाद उससे पुनः भेंट करने के लिए मेरा मन चौबीसों घंटे इतना व्याकुल रहता था कि मैं कह नहीं सकता।

वाचक : और बाद को इस भेंट का वर्णन करते हुए स्वामी विवेकानन्द भी कहा करते थे कि :

विवेकानन्द : गायन के बाद उस दिन श्री रामकृष्ण मुझे एकान्त में ले गए और कहने लगे : 'प्रभो! मुझे मालूम है कि तू पुरातन नारायण ऋषि है और जीवों की दुर्गति का निवारण करने के लिए पुनः शरीर धारण करके आया है।' यह सब देखकर मैं अत्यन्त आश्चर्यचकित हुआ और मन में कहने लगा, मैं यहाँ किसके दर्शन के लिए आया और किससे भेंट हो गई? इनको तो उन्माद-वायु हुआ-सा दीखता है; नहीं तो मैं तो विश्वनाथ दत्त का लड़का हूँ। तब मुझको ये इस प्रकार की बातें क्यों कहते हैं?

वाचक : सभी बुद्धिवादियों को रहस्यवादी सन्त उन्मादग्रस्त ही दिखाई देते हैं। किन्तु एक दिन रामकृष्ण के स्पर्श मात्र से नरेन्द्र के मन की जो अवस्था हो गई, उसकी याद करके विवेकानन्द कहा करते थे :

विवेकानन्द : उन्होंने दाहिना पैर मेरे शरीर पर रखा। ऐसा करते ज़ो चमत्कार हुआ, सो क्या बताऊँ! मुझे ऐसा दीखने लगा कि कमरा और उसकी सारी चीजें बड़े वेग से घूमकर कहीं अन्तर्धान हो रही हैं और सारा विश्व तथा मेरा अहंकार एक सर्वग्राही महाशून्य में विलीन होने को बड़े वेग से दौड़ रहा है। इतने में मेरा धैर्य जाता रहा और मैं एकदम चिल्ला उठा : 'अजी, यह आप मुझे कर क्या रहे हैं? अभी मेरे माता-पिता जीवित हैं!'

वाचक : श्री रामकृष्ण ने हँसते हुए नरेन्द्रनाथ के वक्षस्थल का स्पर्श किया और वे बोले :

रामकृष्ण : अच्छा, तो फिर अभी रहने दे। एकदम ही होने की कोई जरूरत नहीं। धीरे-धीरे होगा।

वाचक : और धीरे-धीरे नरेन्द्रनाथ श्री रामकृष्ण की ओर आकृष्ट होने लगे। नरेन्द्रनाथ अत्यन्त प्रचंड बुद्धिवादी थे। श्री रामकृष्ण जब-जब उनके भीतर योग और अध्यात्म की शक्तियों का संचार करते, नरेन्द्रनाथ का शंकालु मन यह सोचने लगता, कहीं यह वह क्रिया तो नहीं है, जिसे हिप्नोटिज्म या मोहिनी विद्या कहते हैं? किन्तु बार-बार उन्हें यह भी विश्वास होने लगा कि श्री रामकृष्ण कुछ भी क्यों न हों, वे अत्यन्त त्यागी और पवित्र होने के कारण मान देने के योग्य हैं। और श्री रामकृष्ण नरेन्द्रनाथ के ज्यों-ज्यों समीप आते गए, त्यों-त्यों

नरेन्द्रनाथ पर उनकी श्रद्धा बढ़ती गई। जब नरेन्द्रनाथ कई दिनों तक उनसे भेंट करने को नहीं आते, तब श्री रामकृष्ण का हृदय अकुलाने लगता और वे भक्तों से नरेन्द्र की प्रच्छन्न महिमा का बखान करते हुए कहते :

रामकृष्ण : नरेन्द्र के समान अधिकारी पुरुष इस युग में पृथ्वी पर आज तक नहीं आया। शुकदेव के समान ही नरेन्द्र को माया स्पर्श नहीं कर सकती। नरेन्द्र शुद्ध सतोगुणी है। वह अखंड के राज्य के चार में से एक है। वह सप्तर्षियों में से एक है। उसके गुणों का अन्त नहीं।

वाचक : नरेन्द्रनाथ परमहंस श्री रामकृष्ण के सम्पर्क में पहले-पहल सन् 1880 ई. में आए थे और सन् 1886 ई. तक वे उनकी सेवा में बराबर बने रहे, जिस साल परमहंस देव ने महासमाधि ली। इस बीच नरेन्द्रनाथ कॉलेज में अध्ययन भी करते थे और ध्यान-धारणा की साधना भी। रामकृष्ण उनकी साधना और तपस्या से गद्‌गद होकर कहा करते :

रामकृष्ण : गाने-बजाने, विद्याभ्यास, बोल-चाल और धार्मिक विषय–सभी बातों में नरेन्द्र होशियार है। ध्यान करने बैठता है, तब रात बीत जाती है और सवेरा हो जाता है, उस पर भी उसे सुध नहीं आती और उसका ध्यान समाप्त नहीं होता है। हमारा नरेन्द्र तो खरा सिक्का है। बजाकर देखो, कैसा खन्-खन् बोलता है!

वाचक : खरे सोने की पहचान आग में होती है और पुरुष की जाँच भगवान विपत्तियाँ भेजकर करते हैं। नरेन्द्रनाथ अपनी साधना के पथ पर क्षिप्र गति से

आगे बढ़ रहे थे कि अचानक उनके पिता का देहान्त हो गया और तुरन्त अवस्था यह हो गई कि जिस परिवार का मासिक व्यय एक हजार रुपये था, उसके लिए हर महीने तीस रुपये जुटाना भी कठिन होने लगा। सांसारिक विषयों से उदासीन नरेन्द्रनाथ एकाएक दरिद्रता के कठोर आघात से चौंक पड़े। उनका जो हृदय आस्था के उदय से शान्त हो चला था, उसके भीतर शंकाएँ फिर उत्पन्न होने लगीं और वे सोचने लगे :

नरेन्द्रनाथ : भगवान क्या सचमुच ही दरिद्रों का कातर क्रन्दन नहीं सुनते? क्या सृष्टि से उठनेवाली क्रन्दन-ध्वनि उनके कानों तक नहीं पहुँचती? जो भगवान इस लोक में क्षुधार्तों को एक टुकड़ा रोटी देकर जीवित नहीं रख सकते, वे ही अन्त में, हमें स्वर्ग-सुख देकर सुखी बनाएँगे, यह कैसे सम्भव है?

वाचक : किन्तु यह ऊपरी तरंगें मात्र थीं। अब आस्था उनकी अस्थियों में समा चुकी थी। अतएव उन्होंने सोचा :

नरेन्द्रनाथ : क्यों नहीं श्री रामकृष्ण से कहूँ कि वे अपनी माता से प्रार्थना करें और कहें कि नरेन्द्र के परिवार के संकटों को दूर कर दो?

वाचक : किन्तु श्री रामकृष्ण का विचार हुआ कि ऐसी प्रार्थना मन्दिर में जाकर नरेन्द्र को खुद करनी चाहिए। निदान, नरेन्द्र काली के मन्दिर में गए, किन्तु अपनी आर्थिक कठिनाइयों की बात उनके मुख से नहीं निकल पाई। उलटे काली से प्रार्थना करते हुए उन्होंने कहा :

नरेन्द्रनाथ : माँ, विवेक दो, वैराग्य दो, ज्ञान दो, भक्ति दो। माता, तुम्हारी कृपा से सदा ही तुम्हें देख सकूँ।

वाचक : श्री रामकृष्ण ने नरेन्द्रनाथ को तीन बार काली के पास भेजा, किन्तु तीसरी बार भी नरेन्द्रनाथ मुँह खोलकर माँ के चरणों में सांसारिक सुखों के लिए प्रार्थना नहीं कर सके। तब श्री रामकृष्ण ने कहा :

रामकृष्ण : तू जब माँग नहीं सका, तो तेरे भाग्य में सांसारिक सुख है ही नहीं। फिर भी, तुम लोगों को सूखी रोटी और मोटे वस्त्र की कमी नहीं होगी।

वाचक : नरेन्द्रनाथ को अपने जीवन की दिशा का पक्का ज्ञान हो गया। सन्तोष के साथ वे एक स्कूल में शिक्षक का काम करने लगे। किन्तु सन् 1885 ई. में जब रामकृष्ण के गले में घाव हो गया, नरेन्द्रनाथ ने अपनी नौकरी पर लात मार दी और वे गुरु के पास रहकर उनकी सेवा में लीन हो गए। इसी दौर में श्री रामकृष्ण ने एक दिन एकान्त पाकर नरेन्द्रनाथ से कहा :

रामकृष्ण : देख, साधना करते समय मुझे अष्ट सिद्धियाँ प्राप्त हुई थीं। उनका किसी दिन कोई उपयोग नहीं हुआ। तू उन्हें ले ले, भविष्य में तेरे बहुत काम आएँगी।

नरेन्द्रनाथ : महाराज, क्या उनसे भगवत्प्राप्ति में कोई सहायता मिलेगी?

रामकृष्ण : नहीं, सो तो नहीं मिलेगी, किन्तु, इहलोक की कोई भी इच्छा अपूर्ण नहीं रहेगी।

नरेन्द्रनाथ : तब तो महाराज, वे मुझे नहीं चाहिए।

वाचक : श्री रामकृष्ण चाहते थे कि नरेन्द्र वैयक्तिक मुक्ति के मोह में न पड़कर अपने को संसार की सेवा के योग्य बनाएँ, मानवता के भीतर जागरण का शंख फूँकने की तैयारी करें, किन्तु नरेन्द्रनाथ वैयक्तिक आनन्द के लिए निर्विकल्प समाधि में मग्न रहना

चाहते थे। इस पर एक दिन रामकृष्ण ने उन्हें फटकराते हुए कहा :

रामकृष्ण : नरेन, बार-बार यही बात कहते तुझे लज्जा नहीं आती? समय आने पर कहाँ तो तू वट-वृक्ष की तरह बढ़कर सबको शान्ति की छाया देनेवाला है और कहाँ आज अपनी ही मुक्ति के लिए बेचैन है? इतना क्षुद्र आदर्श क्यों पाल रहा है?

नरेन्द्रनाथ : निर्विकल्प समाधि न होने से मेरा मन शान्त नहीं होगा और यदि वह न हुआ, तो मैं वह सब कुछ नहीं कर सकूँगा।

वाचक : श्री रामकृष्ण ने फिर नरेन्द्र को डाँटा :

रामकृष्ण : तू क्या अपनी इच्छा से करेगा? जगदम्बा तेरी गरदन पकड़कर करवाएँगी। तू नहीं करे, तेरी हड्डियाँ करेंगी।

[शोक-व्यंजक वाद्य]

वाचक : सन् 1886 ई. के 15 अगस्त के दिन परमहंस श्री रामकृष्ण ने शिष्यों को श्री जगदम्बा के चरणों में सौंपकर महासमाधि ले ली। सभी गुरुभाइयों के साथ नरेन्द्रनाथ का भी जीवन अन्धकारपूर्ण हो गया। कहाँ तो श्री रामकृष्ण के सान्निध्य में शिष्य अपने को सदेह आध्यात्मिकता की गोद में आसीन पाते थे और कहाँ अब प्रकाश की कोई किरण भी दिखाई नहीं देती। नरेन्द्रनाथ को अपना नेता मानकर सभी शिष्य दिन-रात कीर्तन करने लगे, दिन-रात पूजापाठ और ध्यान करने लगे। किन्तु जगदम्बा और रामकृष्ण की वे जितनी भी जय-जयकार करें, किसी के भी समक्ष कोई आध्यात्मिक आलोक प्रत्यक्ष नहीं होता। निदान,

बाल-ब्रह्मचारियों का यह दल तीर्थाटन के बहाने इधर-उधर विकीर्ण होने लगा, और स्वयं नरेन्द्रनाथ बिना किसी साधन के भारत-भ्रमण को निकल पड़े।

वाचिका : हाय री विवशता! आध्यात्मिक साधना भी कितनी कठोर होती है!

वाचक : नरेन्द्रनाथ अब गैरिक वस्त्र पहनने लगे थे और संबल के नाम पर उनके पास केवल दो छोटे-छोटे ग्रंथ थे : एक ग्रंथ गीता थी, दूसरा ग्रंथ इमिटेशन ऑफ क्राइस्ट था। काशी में स्वामी जी ने तैलंगस्वामी के दर्शन किये और वहीं से गाजीपुर जाकर उन्होंने पवहारी बाबा से मुलाकात की। निःसंबल घूमना, जो कुछ मिल जाए, वही खाकर सन्तुष्ट हो जाना और जहाँ भी संस्कृत के प्रगाढ़ विद्वान मिल जाएँ, वहीं संस्कृत का अभ्यास करने को रुक जाना, यह उनकी साधना का रूप हो गया।

वाचिका : स्वामी विवेकानन्द कब तक इस प्रकार घूमते रहे?

वाचक : श्री रामकृष्ण का स्वर्गवास सन् 1886 ई. में हुआ और स्वामी विवेकानन्द अमेरिका सन् 1893 ई. में गए। इस बीच के छह या सात वर्ष स्वामी जी ने भारत-भ्रमण और धर्म-ग्रंथों के स्वाध्याय में ही व्यतीत किए। यही वह साधना थी, जिसने स्वामी विवेकानन्द को तपस्या में जलाकर सोने के समान निखार दिया। यही वह समय था, जब उनके जन्मजात संस्कार पपड़ी की तरह टूटकर हवा में उड़ गए। एक दिन स्वामी जी पैदल ही वृंदावन की ओर जा रहे थे कि रास्ते में एक व्यक्ति उन्हें चिलम पीता दिखाई पड़ा। स्वामी जी ने उसके पास ठहरकर कहा :

स्वामी जी : क्यों भाई, चिलम में एक दम मुझे भी लगाने दोगे?

व्यक्ति : महाराज, मैं तो जाति का भंगी हूँ। क्या आप भंगी की चिलम पिएँगे?

वाचक : बात सुनकर स्वामी जी आगे बढ़ गए। किन्तु अभी दो कदम भी वे नहीं चले थे कि आत्मा ने उन्हें धिक्कार भेजी :

स्वामी जी : हाय, यह मैंने क्या किया? मैंने तो जाति, कुल, मान—सभी को त्याग कर संन्यास लिया है। फिर भंगी जानकर मेरा सोया हुआ जाति-अभिमान कैसे जाग पड़ा?

वाचक : स्वामी जी तुरन्त लौट पड़े और उस भंगी से चिलम माँगकर उन्हें बड़े शौक से उसमें दम लगाया। इसी प्रकार राजपूताना घूमते समय स्वामी जी एक मुसलमान वकील के घर ठहर गए थे। उनकी शोहरत से खिंचकर खेतरी दरबार के एक मुलाजिम जगमोहन लाल स्वामी जी से मिलने आए और पूछ बैठे :

जगमोहन लाल : स्वामी जी! आप हिन्दू संन्यासी होकर मुसलमान के घर पर हैं? आपके भोजन आदि को ये मुसलमान महोदय छू सकते हैं।

वाचक : स्वामी जी ने कहा :

स्वामी जी : मैं संन्यासी हूँ। मैं सभी सामाजिक आचार-व्यवहार से परे हूँ। मैं एक मेहतर के साथ भी बैठकर भोजन करता हूँ। यह तो ईश्वर का निर्देश है।

वाचक : इस पर्यटन के दौरान स्वामी जी पोरबन्दर पहुँचे और वहीं पंडित शंकर पांडुरंग ने उन्हें पहले-पहल यह परामर्श दिया कि :

पांडुरंग : स्वामी जी, मैं नहीं समझता कि आप इस देश में धर्म-प्रचार करके विशेष कुछ कर सकेंगे। आपके

उदार विचारों को हमारे देशवासी सहज ही समझ नहीं पाएँगे। आप पहले पाश्चात्य देशों में जाइए।

वाचक : स्वामी जी ने थोड़ी देर सोचकर कहा :

स्वामी जी : हाँ, एक दिन प्रभात-काल में समुद्र-तट पर खड़ा मैं तरंग-माला का नृत्य-कौशल देख रहा था। एकाएक मन में यह बात आई कि इस विक्षुब्ध समुद्र को लाँघकर मुझे किसी सुदूर विदेश में जाना होगा। परन्तु, पता नहीं, यह कैसे सम्भव होगा?

वाचक : किन्तु यह स्वप्न सम्भव हो गया। सन् 1893 ई. में कोलम्बस के अमेरिका-अनुसंधान की चतुर्थ शत-वार्षिकी मनाने के लिए शिकागो शहर में एक विश्वमेले का आयोजन किया गया था। उसी मेले में एक धर्म-संसद का भी आयोजन किया जानेवाला था। अतएव स्वामी जी के सभी प्रशंसक उनसे यह कहने लगे कि हिन्दू धर्म का प्रतिनिधित्व करने के लिए आपको इस संसद में अवश्य जाना चाहिए।

वाचिका : क्या धर्म-संसद की ओर से स्वामी जी को निमंत्रण आया था?

वाचक : नहीं, निमंत्रण नाम की कोई चीज नहीं थी। यह केवल अदृष्ट की प्रेरणा थी, यह केवल ईश्वरीय संकेत था। स्वामी जी ने स्वयं कहा था, मैं इस संसद में अवश्य जाऊँगा क्योंकि यह धर्म-संसद केवल मेरे ही निमित्त आयोजित होने जा रही है।

वाचिका : कैसा प्रबल आत्मविश्वास!

वाचक : इस आत्मविश्वास का औचित्य तब प्रकट हुआ, जब स्वामी विवेकानन्द शिकागो पहुँचे और धर्म-संसद के मंच पर आसीन हुए। पहले दिन उनका भाषण

अन्त में इसलिए रखा गया कि वे सभी वक्ताओं से उम्र में छोटे और लगभग अजनबी मेहमान थे। किन्तु दूसरे दिन से उनका भाषण अन्त में इसलिए रखा जाने लगा कि जनता उन्हीं को सुनने के लिए अंत तक बैठी रहती थी।

वाचिका : स्वामी जी की कीर्ति सुनकर हमें आज भी गौरव का बोध होता है।

वाचक : 11 सितम्बर, सन् 1963 ई. का दिन इसीलिए महत्त्वपूर्ण है। जब स्वामी जी मंच पर खड़े हुए, उन्होंने सभा को सम्बोधन करते हुए जैसे ही यह कहा :

स्वामी जी : अमेरिका-निवासी बहनो और भाइयो!

[तालियों की गड़गड़ाहट : हर्ष-ध्वनि]

वाचक : पहले ही वाक्य से स्वामी जी ने सभा के हृदय पर अधिकार कर लिया और सात हजार नारियाँ और नर खड़े होकर तालियाँ बजाने लगे और कोई दो मिनट तक वे तालियाँ बजाते रहे। दूसरे ही दिन से सारे अमेरिका में उनकी पूजा आरम्भ हो गई। अखबार उनके अभिनन्दन में मुक्त कंठ से लेख लिखने लगे और चौक-चौक पर उनके फोटो का प्रदर्शन किया जाने लगा। सभा के मंच पर स्वामी जी के आते ही जनता उल्लसित हो उठती थी और मंच पर जब वे कभी इधर-से-उधर जाने लगते, तो इतने से भी श्रोताओं के भीतर आनन्द का ज्वार उमड़ पड़ता और वे जोर-जोर से तालियाँ बजाने लगते थे।

वाचिका : पाश्चात्य जगत के लिए स्वामी जी का क्या उपदेश था?

वाचक : स्वामी जी धार्मिक एकता के मसीहा थे। शिकागो की धर्म-संसद में उन्होंने पहले ही दिन कहा :

स्वामी जी : साम्प्रदायिकता, धार्मिक द्वेष और कट्टरता ने इस खूबसूरत धरती को बहुत दिनों से जकड़ रखा है। इन शक्तियों ने धरती पर मार-काट मचाई है, उसे बार-बार खून से सराबोर किया है। अगर इन शक्तियों ने अपने सिर नहीं उठाए होते, तो संसार आज की अपेक्षा अधिक उन्नत और अधिक सौन्दर्ययुक्त होता। मगर इन शक्तियों की आयु अब समाप्ति पर है। आओ, आज ही हम साम्प्रदायिक द्वेष और कट्टरता की मृत्यु की घोषणा कर दें और यह ऐलान कर दें कि आज से कोई भी व्यक्ति, कलम या तलवार से, दूसरे के धर्म पर, दूसरे के पंथ पर आघात नहीं करेगा।

वाचक : एक और भाषण में स्वामी जी ने कहा था :

स्वामी जी : हम अन्य धर्मों को भी बर्दाश्त करें, यह यथेष्ट नहीं है। उचित यह है कि सभी धर्मों को हम अपना ही धर्म समझें।

वाचक : स्वामी जी वेदान्त के पुजारी थे और वेदान्त के आधार पर ही वे सारे जगत् को एक करना चाहते थे। उनका कहना था :

स्वामी जी : हिन्दुओं का विश्वास है कि मनुष्य शरीर नहीं, आत्मा है और प्रत्येक आत्मा एक वृत्त है, जिसकी परिधि का पता नहीं है। अनेक होते हुए भी सभी मनुष्य एक हैं, क्योंकि एक ही परमात्मा फैलकर अनेक हो गया है।

वाचक : अमेरिकी जनता को भारत के विषय में नई दृष्टि देते हुए उन्होंने कहा था :

स्वामी जी : भारतवर्ष की आवश्यकता धर्म की नहीं, रोटी की है, धन की है, कल-कारखानों और उद्योग की है। भूखों के आगे धर्म नहीं, रोटी परोसो, यही न्याय है। जो क्षुधित हैं, उन्हें रोटी नहीं देकर अगर तुम दर्शन सिखाओगे तो यह पाप होगा।

वाचक : ज्यों-ज्यों अमेरिका में स्वामी जी का सुयश फैला, त्यों-त्यों शुभ संवादों को सुनकर सारा भारत देश स्वामी जी के प्रति श्रद्धा और गौरव से विभोर हो उठा। किन्तु कुछ दकियानूस लोग इस बात की शिकायत भी करने लगे कि स्वामी जी विदेश में खान-पान के बारे में कट्टरता का निर्वाह नहीं कर रहे हैं। यह बात जब स्वामी जी को मालूम हुई, उन्होंने अपने एक गुरुभाई को लिखा :

स्वामी जी : अगर कोई हिन्दू कट्टर हिन्दू की तरह खान-पान में कट्टरता बरतने का अयाचित उपदेश देता है, तो उससे कहो कि वह एक ब्राह्मण रसोइया और उसके साथ कुछ धन यहाँ भेज दे।

वाचक : धर्म-धर्म के बीच, देश-देश के बीच स्वामी जी आदान-प्रदान का सम्बन्ध चाहते थे। राजा प्यारे मोहन मुखर्जी को एक पत्र में उन्होंने लिखा था :

स्वामी जी : मैंने निश्चित रूप से यह जान लिया है कि कोई व्यक्ति या जाति दूसरों से विच्छिन्न होकर जीवित नहीं रह सकती। आदान-प्रदान जगत का नियम है। भारतवर्ष के पास जो कुछ है, उसका प्रचार सारे विश्व में होना चाहिए और बदले में दूसरे लोग जो कुछ देंगे, उसे ग्रहण करने को भारतवर्ष को तैयार रहना चाहिए क्योंकि संप्रसारण जीवन है और संकोचन मृत्यु; प्रेम जीवन है और घृणा मृत्यु।

वाचक : अमेरिका और यूरोप में स्वामी जी कोई चार वर्ष घूमते रहे। इस बीच उन्होंने कितने ही नर-नारियों को अपना शिष्य बनाया और उन्हें मंत्र दिया। न्यूयॉर्क में उन्होंने एक वेदान्त-समाज की स्थापना की, जो आज भी कायम है। वे दिन-रात धर्म-चर्चा में लगे रहते थे और किसी-किसी दिन उन्हें बारह-चौदह बार व्याख्यान देना पड़ता था। उनकी विद्या, बुद्धि और तेजस्विता, उनकी कर्मठता और अध्यवसाय, उनकी देशभक्ति और उनके विश्वप्रेम का प्रभाव कुछ ऐसा पड़ा कि सभी लोग उनके भक्त हो गए और बहुतों के भीतर यह भाव जाग्रत हो गया कि हो न हो, मानवता के लिए अगला सन्देश भारत से ही आने वाला है। अन्त में, अपनी विशाल कीर्ति और अपने असंख्य भक्तों को पीछे छोड़कर स्वामी जी ने 30 दिसम्बर, 1896 ई. को यूरोप से भारत के लिए प्रस्थान किया।

[उत्साहवर्धक; कल-कल-ध्वनि; भीड़ की आवाज; स्वागतार्थ जयघोष :]

जय-जय विवेकानन्द गैरिक-पट-धारी,
जय जय श्री रामकृष्ण-व्रत सहायकारी।
यज्ञाहुति-होम-ज्वाल,
उन्नत-मन, उच्च-भाल,
जय जय प्रज्ञा विशाल,
विश्व-मठ-विहारी।

वाचक : स्वामी जी जब चार वर्षों के प्रवास से वापस हुए, भारत और श्रीलंका में उत्साह का पारावार उमड़

पड़ा। दोनों देशों के प्रधान-प्रधान नगरों की प्रमुख जनता ने अपने यहाँ स्वागत-समितियाँ बनाईं। स्वामी जी पहले कोलम्बो में ही उतरे। उन्हें लोग जब जुलूस में लेकर निकले, तब जनता ने घोड़ों को गाड़ी से खोलकर अलग कर दिया और नवयुवक खुद ही गाड़ी को खींचने लगे। श्रीलंका से विदा होकर स्वामी जी ने जब भारतभूमि का स्पर्श किया, तब पांबन में भी वही दृश्य उपस्थित हो गया। फिर परमकुड़ी, मान-मदुरा, त्रिचिनापल्ली और तंजौर होकर स्वामी जी मद्रास पधारे और सर्वत्र जनता ने उनका देवता के समान सत्कार किया।

वाचिका : भारत से वे भिक्षु के रूप में विदेश गए थे, किन्तु विदेश से वे सम्राट के समान वापस आए।

वाचक : इतना ही नहीं, भारत से विदेश वे धर्मदूत के रूप में गए थे, किन्तु भारत वे क्रान्तिदूत बनकर वापस आए। कोलम्बो से मद्रास तक उन्होंने जिस उद्बोधन-मंत्र का उद्घोष किया, वह यह था :

स्वामी जी : आगामी पचास वर्षों तक तुम्हें केवल जननी-जन्मभूमि की आराधना करनी है। और सभी देवताओं को तब तक के लिए भूल जाओ। दूसरे जितने भी देवता हैं, सोए हुए हैं। इस समय तुम्हारा एकमात्र देवता तुम्हारा राष्ट्र है। तुम लोग निष्फल देवता की खोज में दौड़ रहे हो, किन्तु तुम्हारे चारों ओर जो देवता खड़े हैं, उन विराट की पूजा करने की ओर तुम्हारा ध्यान नहीं है। ये सारे-के-सारे मनुष्य, ये सारे पशु तुम्हारे ईश्वर हैं और तुम्हारे स्वदेशवासीगण ही तुम्हारे प्रथम उपास्य हैं।

वाचक : त्रिवेंद्रम में स्वागत का उत्तर देते हुए स्वामी जी ने कहा था :

स्वामी जी : मैंने पैदल ही सारे भारत की यात्रा की है और जनता के बीच जो अशिक्षा, दरिद्रता और अकर्मण्यता फैली हुई है, उसे मैंने अपनी आँखों से देखा है। मेरे हृदय में आग लगी है। मैं इस दुरवस्था को बदल डालने के संकल्प से बेचैन हूँ। यह मत कहो कि लोग अपने कर्मों का फल भोग रहे हैं। अगर लोग अपने कर्मों के कारण दुरवस्था में पड़े हैं, तो हमारा कर्म इस दुरवस्था से उनका उद्धार करना है। अगर तुम ईश्वर की खोज में हो, तो पहले मनुष्य की सेवा में हाथ बटाओ। नारायण के समीप पहुँचने का मार्ग दरिद्र-नारायण की सेवा का मार्ग है, भारत की करोड़ों भूखी जनता की सेवा का मार्ग है।

वाचक : स्वामी विवेकानन्द भारत के पुंजीभूत रूप थे। स्वामी विवेकानन्द भारत के पूर्ण अवतार थे। भारत का राष्ट्रीय आन्दोलन जिन- जिन लक्ष्यों को लेकर आगे चलनेवाला था, स्वामी जी ने उन सबका स्पष्टीकरण बड़े ही ओज से किया था। मानमदुरा में अभिनन्दन का उत्तर देते हुए उन्होंने कहा था :

स्वामी जी : अब हम न तो वेदान्ती हैं, न हम पौराणिक या तान्त्रिक रह गए हैं। अब तो हम मात्र छुआछूत-पंथी भर शेष हैं। हमारा धर्म सिमटकर रसोईघर में कैद हो गया और भात राँधने की हांडी हमारा भगवान बन गई है तथा हमारा मजहब यह विचार हो गया है कि हमें कोई छुए नहीं, क्योंकि हम पवित्र हैं।

वाचक : आर्य और द्रविड़ दो नहीं, एक हैं–इस विषय की चर्चा करते हुए स्वामी जी ने मद्रास में कहा था :

स्वामी जी : अब एक नया सिद्धान्त निकला है कि दक्षिण भारत में जो द्रविड़ रहते हैं, वे उत्तर में बसने वाले आर्यों से भिन्न हैं, क्योंकि उनकी भाषाएँ अलग-अलग हैं। श्रीमान् भाषाशास्त्री से मैं निवेदन करना चाहता हूँ कि श्रीमान्! आपकी बातें निराधार हैं। आर्यों और द्रविड़ों के बीच भाषा को छोड़कर मैं और कोई भेद नहीं देखता। अतएव मेरी मान्यता है कि भिन्न भाषाएँ बोलने पर भी आर्य और द्रविड़ दो नहीं, एक हैं। इसलिए भाइयो! भाषाशास्त्रियों की इन बेहूदी बातों में विश्वास मत करना। तुम सब-के-सब एक हो। यह सारा भारत एक देश है।

वाचक : और जिस जातिवाद के दलदल में यह देश अब भी फँसा हुआ है, उससे निस्तार का उपाय बताते हुए स्वामी जी ने कहा था :

स्वामी जी : ये जात-पाँत के झगड़े मेरी समझ में नहीं आते। सभी जातियों में ब्राह्मण श्रेष्ठ है। किन्तु तुम सब मिलकर यह घोषणा क्यों नहीं कर देते कि तुम सब-के-सब ब्राह्मण हो? तुम्हें यह करने से रोकता कौन है? बहुत अच्छा हो अगर यह देश केवल ब्राह्मणों का देश हो जाए और सभी लोग संस्कृत पढ़ना आरम्भ कर दें। क्योंकि जाति तुम्हारी चाहे जो भी हो, संस्कृत पढ़े बिना ब्राह्मणों की प्रतिष्ठा तुम्हें नहीं मिलेगी।

वाचक : स्वामी जी को श्री रामकृष्ण पावक कहा करते थे। और सचमुच ही विदेश से लौटने पर स्वामी जी की वाणी में अग्नि का विस्फोट होने लगा।

स्वामी जी : जीवन नहीं, मृत्यु का अनुसन्धान करो। अपने को उछालकर तलवार की नोक पर फेंक दो और जो कुछ भी भीषण या भयानक दीख पड़े, उससे मिलकर एकाकार हो जाओ।

वाचक : स्वामी जी की आयु जैसे-जैसे बढ़ती गई, उनके भीतर का पावक और भी निर्भीक होता गया।

स्वामी जी : मेरी आयु जैसे-जैसे बढ़ती है, वैसे-ही-वैसे मेरा यह विश्वास भी बढ़ता जाता है कि जो असली तत्त्व है, वह आग में है, मर्दानगी और पौरुष में है। यह मेरा नवीन धर्मशास्त्र है। अगर तुम्हें दुष्कर्म करना है, तो वह दुष्कर्म भी बहादुरी से करो, छिपकर छोटे पैमाने पर नहीं, खुलकर बड़े पैमाने पर करो।

वाचक : स्वामी जी मृत्यु और विजय को एकाकार देखते थे। जो विज़यी होनेवाले हैं, वे मृत्यु से नहीं डरते।

स्वामी जी : मृत्यु की पूजा करो, भीम की पूजा करो, भीषण और भयानक की आराधना में मग्न रहो। लड़ो और संघर्ष करो, भले ही तुम पराभूत क्यों न हो जाओ, क्योंकि यही ध्येय सबसे ऊँचा और महान है।

वाचक : स्वामी जी सन्त और महात्मा थे। उन्होंने राजनीति की ओर झाँका भी नहीं था। किन्तु भारत का राष्ट्रीय तेज उन्हीं के उद्‌गारों से प्रकट हो गया। रामनद में बोलते हुए उन्होंने भारत के भविष्य को स्पष्ट देख लिया था।

स्वामी जी : भारत की तन्द्रा छूट रही है। हमारा देश सुदीर्घ निद्रा से जाग रहा है। अब भारत को कोई रोक नहीं सकेगा। अब भारत को कोई विदेशी शक्ति

दासता में नहीं रख सकेगी। क्योंकि यह भीमकाय दैत्य अब अपने पाँवों पर खड़ा हो रहा है।

वाचक : 1897 ई. में स्वामी जी ने रामकृष्ण मिशन की स्थापना की और वे संन्यासियों का एक ऐसा संघ बनाने में निरत हुए, जो दुखी मानवता की सेवा करने में समर्थ हो। किन्तु एक गुरुभाई को लगा कि मिशन का वास्तविक ध्येय ईश्वर की आराधना और श्री रामकृष्ण के उपदेशों का प्रचार होना चाहिए। केवल परोपकार का काम करने से संन्यासी-गण सांसारिक हो जाएँगे। यह सुनते ही स्वामी जी ने बिगड़कर कहा :

स्वामी जी : कौन तुम्हारी भक्ति और मुक्ति को लेकर माथापच्ची करता है? शास्त्र क्या कह रहे हैं या नहीं कह रहे हैं, इसे कौन सुनता है? यदि मैं घोर तमोगुण में डूबे हुए अपने देशवासियों को कर्मयोग के द्वारा अनुप्राणित कर वास्तविक मनुष्य की तरह अपने पैरों पर खड़ा कर देने में समर्थ हूँ, तो मैं आनन्द के साथ लाख बार नरक जाऊँगा। मैं तुम्हारे रामकृष्ण या अन्य किसी का चेला नहीं हूँ। जो लोग अपनी भक्ति-मुक्ति की कामना को छोड़ दरिद्रनारायण की सेवा में जीवन को उत्सर्गित करेंगे, मैं उन्हीं का चेला, भृत्य और क्रीत दास हूँ।

वाचक : कलकत्ते में थोड़े दिनों तक विश्राम लेकर स्वामी जी फिर हिमालय की ओर चले गए तथा अल्मोड़ा और श्रीनगर में घूमते रहे। इसी यात्रा में वे अमरनाथ भी गए थे और श्रीनगर के पास क्षीर भवानी की भी उन्होंने पूजा की थी। इस यात्रा से लौटने के बाद उन्होंने बेलूड़ मठ की स्थापना की और सभी गुरु भाइयों को बुलाकर कहा :

स्वामी जी : बन्धुओ, हम लोक-कल्याण के लिए अवतीर्ण अपने प्रभु से प्रार्थना करें कि वे अनेक वर्षों तक इस स्थान में निवास करें। इस कर्मकेंन्द्र से बहुजन हिताय, बहुजन सुखाय–सभी सम्प्रदायों, सभी धर्मों के भेदभाव को निरस्त करने वाली भावधारा प्रवाहित हो।

वाचक : इन दिनों स्वामी जी की चिन्ता का विषय भारत देश था। वे कहा करते थे :

स्वामी जी : मैं उस धर्म का प्रचार करना चाहता हूँ, जिससे मर्द तैयार हों। दो हजार वीर-हृदय, विश्वासी, चरित्रवान और बुद्धिमान् युवक तथा तीस करोड़ रुपये मिल जाने पर मैं भारत को अपने पैरों पर खड़ा कर दे सकता हूँ।

वाचक : उन्हीं दिनों एक पंजाबी सज्जन स्वामी जी के पास धर्मचर्चा के उद्देश्य से आए थे, किन्तु बात उस दिन समाज तक ही घूमकर रह गई। इससे वे सज्जन किंचित् दुखी होकर बोले :

सज्जन : स्वामी जी, आपसे धर्मोपदेश सुनने के लिए हम बड़ी आशा लगाकर आए थे, पर दुर्भाग्य से चर्चा साधारण विषयों की ही हुई। आज का दिन व्यर्थ गया।

वाचक : स्वामी जी का तपोदीप्त मुखमंडल व्यथा और करुणा से गम्भीर हो उठा। वे बोल उठे :

स्वामी जी : महाशय, जब तक मेरी जन्मभूमि का एक कुत्ता भी भूखा रहेगा, तब तक उसे आहार देना ही मेरा धर्म है। इसके अतिरिक्त और जो कुछ भी है, अधर्म है।

वाचक : संन्यासियों के कर्तव्य क्या हों, इस विषय में स्वामी जी के विचार क्रान्तिकारी थे। शिष्यों से उन्होंने एक दिन कहा था कि :

स्वामी जी : अत्यन्त ऊँचे आदर्श राष्ट्र को पंगु बना डालते हैं। वैयक्तिक मुक्ति की खोज में मत भटको। तुम्हारे चारों ओर जो दुखी जनता खड़ी है, उसी की सेवा में शक्ति लगाओ।

वाचक : 1899 ई. के जून महीने में स्वामी जी फिर विदेश-भ्रमण को निकल गए। इस बार भी विदेशों में उनके प्रवचन और व्याख्यान अबाध गति से चलते रहे; बल्कि ज्यों-ज्यों उनकी आयु बढ़ती थी, उनकी आत्मदान की उमंग तीव्र से तीव्रतर होती जा रही थी। धीरे-धीरे उन्हें यह आभास होने लगा कि मेरा कार्य-काल समाप्ति के पास पहुँच रहा है। 1900 ई. के 18 अप्रैल को अपनी एक शिष्या के पत्र में उन्होंने लिखा था :

स्वामी जी : मैं अच्छा हूँ। मानसिक स्वास्थ्य बहुत अच्छा है। युद्ध में हार-जीत, दोनों ही हुई। अब बोरिया-बिस्तर बाँधकर उस महान मुक्तिदाता की प्रतीक्षा में बैठा हूँ। अब शिव, पार करो मोरी नैया।

वाचक : पत्र में और भी लिखा था :

स्वामी जी : देह जाने के बाद मुझे मुक्ति मिले अथवा देह रहते ही मैं मुक्त हो जाऊँ, परन्तु वह पुराना विवेकानन्द चला गया है–चिरकाल के लिए चला गया है। वह अब और नहीं लौटेगा। शिक्षादाता, गुरु, नेता, आचार्य चला गया। रह गया है पहलेवाला वही बालक–प्रभु का वही चिरशिष्य, वही चिर पदाश्रित दास।

वाचक : सन् 1900 ई. के 9 दिसम्बर को स्वामी जी अचानक भारत लौटकर बेलूड़ मठ में पहुँच गए। गुरु-भाइयों ने बड़े प्रेम से उनका स्वागत किया। फिर वे देशाटन को निकले और लोगों के बीच अपना सन्देश बिखेरते रहे। प्रभु का यह

चिर-पदाश्रित दास, श्री रामकृष्ण का यह अपराजेय सन्देशवाहक अब अपने भीतर क्लान्ति का अनुभव करने लगा था। स्वामी जी क्लान्त हो रहे थे, किन्तु उनका अधूरा कार्य उन्हें बेचैन बनाए रहता था। खाट पर लेटे-लेटे भी वे बेचैनी के साथ भारत माता की चिन्ता में लीन रहते थे।

स्वामी जी : तुम्हारे दुःखों को मिटाने के लिए क्या करूँ माँ? हाय, आत्म-विस्मृत भारत-सन्तान! इतना पुकारकर भी उत्तर नहीं पाया। पंजाब, बंगाल, बम्बई, मद्रास—जहाँ भी देखता हूँ, वहीं जराजीर्ण स्थविरता दिखाई देती है। राष्ट्र की इस जड़ता को मिटा दूँगा। इस चेष्टा में अपने प्राण दे डालूँगा। निराशा के घनान्धकार में आशा का आलोक जलाऊँगा। चेष्टा व्यर्थ हो, शत बार व्यर्थ हो, उद्देश्य को नहीं छोड़ूँगा।

वाचक : कभी बोलते :

स्वामी जी : यदि देह छूट ही गई तो इससे क्या? मैंने संसार को वर्षों तक सोचने की सामग्री दे दी है।

वाचक : सन् 1901 ई. में अखिल भारतीय कांग्रेस का जलसा कलकत्ता में हुआ। उस समय नेताओं ने स्वामी जी से भेंट की थी, उनसे वार्लालाप किया था और उस दिन स्वामी जी सभी नेताओं के साथ हिन्दी में ही बोल रहे थे। स्वामी जी हिन्दी बहुत अच्छी जानते थे। अपने पंजाब-भ्रमण के समय उन्होंने हिन्दी में कुछ ओजस्वी भाषण भी दिये थे। कांग्रेस के बारे में जब लोगों ने उनकी राय पूछी तो उन्होंने कहा :

स्वामी जी : हाँ, जिससे समग्र भारत में एकता स्थापित हो, ऐसी संस्था बुरी नहीं है।

वाचक : अन्तिम समय में बेलूड़ मठ में पड़े-पड़े स्वामी जी भारत की दीन-दलित जनता का ध्यान किया करते थे।

स्वामी जी : अहो, देश के गरीबों के लिए कोई नहीं सोचता है। जो राष्ट्र की रीढ़ की हड्डियाँ हैं, जिनके परिश्रम से अन्न पैदा होता है, जिन मेहतरों और भंगियों का एक दिन काम बन्द हो जाने पर शहर में हाहाकार मच जाता है, उनके साथ सहानुभूति दिखलाने वाला कोई नहीं है। उन्हें सान्त्वना देने वाला कोई नहीं है। 'मत छुओ, मत छुओ'—हाय, देश में क्या और कोई दया-धर्म नहीं है? इच्छा होती है, छुआछूत की सीमा तोड़कर पुकार उठूँ—अरे, ओ दीन, दुखी, पतित और निर्धन जीवो, तुम सब कहाँ हो? आओ, मैं श्री रामकृष्ण के नाम पर तुम्हारा आह्वान करता हूँ। तुम्हारे जागे बिना माँ नहीं जागेंगी।

वाचक : सन्त हृदय की यह कातर पुकार भारत के नभोमंडल में गुँजित हो गई। सन्त निरन्तर अपनी पुकार भेजते रहे किन्तु अब वह समय समीप था, जब पृथ्वी इस महासूर्य को खोनेवाली थी। श्री रामकृष्ण ने कहा था कि जिस दिन नरेन्द्र को यह ज्ञात हो जाएगा कि वह कौन है, उस दिन वह शरीर छोड़ देगा। सो एक दिन एक गुरुभाई ने उनसे पूछ लिया :

गुरुभाई : अच्छा, स्वामी जी! क्या आप यह समझ सके हैं कि आप कौन हैं?

स्वामी जी : हाँ, अब मैं समझ गया हूँ।

[आश्चर्यव्यंजक वाद्य]

वाचक : सुनते ही गुरुभाई के हृदय पर वज्र गिर गया। स्वामी जी को आत्म-ज्ञान हो गया है यानी अब उनका महाप्रस्थान समीप है। और तब भी अभी वे केवल उन्चालीस वर्ष के जवान थे। इसके बाद एक घटना और घटी। एकादशी के दिन स्वामी जी ने सभी शिष्यों को अपने सामने भोजन कराया और जब वे लोग खाकर उठे, स्वामी जी खुद ही उनके हाथ धुलाने लगे। एक शिष्य त्राहि-त्राहि कर उठा :

शिष्य : यह आप क्या कर रहे हैं महाराज? मैं तो आपका सेवक हूँ। आपसे सेवा लेने का मुझे अधिकार नहीं है।

वाचक : स्वामी जी ने कहा :

स्वामी जी : क्या ईसा मसीह ने अपने शिष्यों के पैर नहीं धोए थे?

[फिर आश्चर्यव्यंजक वाद्य]

वाचक : सबके मन में यह बात आई कि ईसा ने अपने शिष्यों के पाँव उस दिन धोए थे, जो उनके जीवन का आखिरी दिन था। किन्तु यह बात किसी की भी जुबान पर नहीं आ सकी। आखिर को सन् 1902 ई. की 4 जुलाई आ पहुँची। स्वामी जी उस दिन और दिनों की अपेक्षा कुछ अधिक स्वस्थ थे। ठाकुर-घर में घूमते हुए वे मन्द-मन्द 'चल मन निज निकेतने' वाला वही चिरपरिचित गीत गाते रहे। फिर वे अपनी शैया पर चले गए। उनके हाथ में जपमाला विद्यमान थी। रात में नौ बजे उनके मुख से दो बार कराह

निकली। फिर उनका मस्तक तकिए पर एक ओर को ढुलक गया। बस, योगीश्वर विवेकानन्द अनन्त निद्रा में सो गए। अमावस्या के अन्धकार में जगन्माता ने अपने रणक्लान्त पुत्र को अपनी गोद में उठा लिया।

[शोकसूचक गम्भीर संगीत और 'चल मन निज निकेतने' का गान, जो दूर होते-होते बुझ जाता है।]

महर्षि रमण

[गम्भीर संगीत; शंखध्वनि]

वाचक : चित्रं वटतरोर्मूले वृद्धाशिशष्याः गुरुर्युवा,
गुरोस्तु मौनं व्याख्यानं शिष्यास्तु छिन्नसंशयाः।

यह आश्चर्य तो देखिए कि वटवृक्ष के नीचे शिष्य बैठे हैं, जो वृद्ध हैं और उनके बीच गुरु बैठा है, जो युवक है। गुरु का व्याख्यान नीरव भाषा में चल रहा है और शिष्यों की शंका दूर होती जा रही है।

वाचिका : यह कल्पना तो दक्षिणामूर्ति शिव की कल्पना है। शिवजी ने जब सनक, सनन्दन, सनत्कुमार और सनातन को ज्ञान का उपदेश दिया था, तब वह उपदेश उन्होंने मौन की भाषा में दिया था। गुरु का रूप बालक का रूप है, क्योंकि उसके भीतर शंकाएँ नहीं हैं। शिष्य वृद्ध इसलिए हैं कि उनमें पांडित्य और शंकाएँ हैं। यह भी कि मौन उपदेश को वे ही हृदयंगम कर सकते हैं, जो पंडित हैं, जिज्ञासु हैं और जिन्हें शंकाएँ सता रही हैं।

वाचक : हाँ, महर्षि रमण सम्भवतः दक्षिणामूर्ति शिव के ही अवतार थे, क्योंकि बोलकर ज्ञानोपदेश करना उन्हें

ज्यादा पसन्द नहीं था। वे जिस भक्त पर कृपा करते थे, उसकी ओर वे देखने लगते थे। उनकी दीक्षा दृष्टि-दीक्षा थी। जिसकी भी आँखों में आँखें गड़ाकर उन्होंने देखा, उसकी शंका निर्मूल हो गई, उसे शान्ति मिल गई और वह आनन्द से भर गया।

वाचिका : यह महर्षि रमण थे कौन?

वाचक : महर्षि रमण का घर का नाम श्री वेंकट रमण अय्यर था। वे 30 दिसम्बर, सन् 1879 ई. के दिन मदुरा के पास तिरूचूड़ली नामक ग्राम में श्री सुन्दरम् अय्यर के पुत्र के रूप में जन्मे थे। शिक्षा उन्होंने पहले तो अपने ग्राम में ही पाई, पीछे वे हाई इंग्लिश स्कूल में पढ़ने को मदुरा चले गए।

वाचिका : क्या धर्म की प्रवृत्ति उनमें बचपन से ही थी?

वाचक : उनका बचपन निराला था। वे खेल-कूद में काफी रस लेते थे और सोते समय इतनी गहरी नींद में सोते थे कि उन्हें घसीटकर या ढोकर चाहे जहाँ भी ले जाओ, वे जगने का नाम नहीं लेंगे। जाहिरा तौर पर धर्म की खास प्रवृत्ति उनमें नहीं थी। हाँ, 16 वर्ष की उम्र में जब उन्होंने श्री अरुणाचल का नाम सुना, तब वे अचानक चौंक उठे, मानो इस नाम ने उनकी आत्मा के सरोवर को हिलकोर दिया हो! मानो इस नाम से उनका जन्म-जन्म का परिचय रहा हो!

वाचिका : यह अरुणाचल क्या है?

वाचक : अरुणाचल एक पर्वत का नाम है। यह पर्वत हल्के लाल रंग का है और मद्रास से 120 मील दक्षिण तिरुवन्नमलइ में अवस्थित है। इसी पर्वत के मूल में अरुणाचलेश्वर शिव का विशाल मन्दिर खड़ा

है। महर्षि रमण कहा करते थे कि अरुणाचल पर्वत साक्षात् शिव है। बालक वेंकट रमण ने अरुणाचल का नाम पहले कभी नहीं सुना था और जब सोलह वर्ष की उम्र में यह नाम उनके कानों में पड़ा, उन्हें लगा, मानो शिव ने उनका आह्वान किया हो!

वाचिका : क्या अरुणाचल नाम सुनते ही बालक रमण ने संन्यास ले लिया?

वाचक : नहीं, संन्यास को उत्तेजित करने के लिए कुछ और घटनाएँ घटने वाली थीं। अरुणाचल का नाम सुनने के बाद रमण के हाथ 'पेरियापुराणम्' नामक एक तमिल ग्रन्थ पड़ गया, जिसमें तमिल प्रान्त के 69 शैव सन्तों की जीवनियाँ लिखी हुई हैं। पेरियापुराणम् ने रमण के भीतर भक्ति का उद्रेक कर दिया। किन्तु जो सबसे बड़ी घटना थी, वह कुछ और बाद को घटी।

वाचिका : वह घटना क्या थी भला?

वाचक : बालक रमण मदुरा में अपने मामा के घर ठहरे हुए थे। वे पूर्ण रूप से स्वस्थ और भले-चंगे थे कि अचानक एक कोठरी में पड़े-पड़े उन्हें लगा, वे मृत्यु को प्राप्त हो रहे हैं।

वाचिका : तब क्या हुआ?

वाचक : वह विवरण स्वयं महर्षि रमण के मुख से सुनने लायक है। इस घटना का जिक्र करते हुए महर्षि कहा करते थे कि :

महर्षि : मृत्यु के धक्के ने मेरे विचार को अन्तर्मुखी बना दिया। मैं मन-ही-मन सोचने लगा, अब मृत्यु आ गई, लेकिन इसके मानी क्या हैं? वह कौन-सी चीज है, जो मर रही है? मुझे स्पष्ट भासित हुआ,

मृत्यु शरीर की होती है। फिर मेरा शरीर कड़ा हो गया। मैंने कहा, लोग अब इस शरीर को जलाने के लिए श्मशान ले जाएँगे। फिर मैंने देखा कि शरीर तो मर रहा है, मगर मैं तटस्थ भाव से उसे देख रहा हूँ। तभी मेरे भीतर यह विश्वास उत्पन्न हुआ कि मरने का काम शरीर का है, आत्मा नहीं मरती—वह साक्षी भाव से जन्म और मृत्यु को देखा करती है। मैंने देखा कि मेरा शरीर तो अकड़कर निश्चल बन गया है, लेकिन मैं अपने पूरे व्यक्तित्व के साथ कायम हूँ। अतएव मुझे ज्ञान हुआ कि मैं शरीर नहीं, आत्मा हूँ और आत्मा वह है, जो शरीर के विनाश के बाद भी कायम रहती है। और ये अनुभूतियाँ बुद्धि के मार्ग से नहीं आईं। मैंने उनका प्रत्यक्ष अनुभव किया और असंदिग्ध भाव से वे अनुभूतियाँ मेरी हो गईं। तब से लेकर आज तक वे अनुभूतियाँ मेरे भीतर ज्यों-की-त्यों बनी रही हैं।

वाचिका : लगता है, इस अनुभूति के बाद ही रमण वैरागी होकर निकल पड़े होंगे?

वाचक : नहीं, वैराग्य के पूर्व उन्हें एक उत्तेजना और मिलने वाली थी। इस अनुभव के बाद रमण का ध्यान पढ़ने से उचट गया। किताब खोलकर वे पढ़ने को तो बैठ जाते थे, किन्तु बैठे-बैठे उन्हें समाधि लग जाती थी। वे इस जगत् से उठकर कहीं और चले जाते थे। एक दिन उनकी ऐसी ही अवस्था देखकर उनके बड़े भाई श्री नागस्वामी ने कहा :

नागस्वामी : जो आदमी इस तरह का आचरण करता है, वह इन चीजों को रखता क्यों है?

वाचक : यह बात बालक रमण को लग गई। उसने सोचा :

रमण : ठीक ही तो है। जब मुझे पढ़ना नहीं है, तब किताब और कागज से मुझे क्या लेना है? और यहाँ रहकर मैं क्या करूँगा?

वाचक : इसके बाद ही एक दिन रमण ने अपने भाई से कहा :

रमण : भाई, मुझे एक स्पेशल क्लास में हाजिर होना है। अतएव मैं स्कूल जा रहा हूँ।

वाचक : यह सुनकर नागस्वामी ने कहा :

नागस्वामी : तो देखो रमण, नीचे के बक्से में पाँच रुपये पड़े हैं। उन्हें अपने साथ लेते जाओ और कॉलेज की मेरी फीस चुका दो।

वाचक : रमण का मन अरुणाचल जाने को हो चुका था और किसी टाइम-टेबुल में उन्होंने देखा था कि रेल का किराया तीन रुपये है। अतएव उन्होंने पाँच रुपये नहीं, केवल तीन रुपये अपने साथ लिये और एक चिट पर लिख दिया :

रमण : मैं अपने पिता की खोज में और उन्हीं की आज्ञा से यहाँ से जा रहा हूँ। यह यात्रा पुण्य की यात्रा है। अतएव इस पर किसी को दुःख नहीं होना चाहिए। इसकी खोज में पैसे खर्च करना भी व्यर्थ है। आपकी कॉलेज की फीस नहीं दी जा सकी। दो रुपये इस चिट्ठी के साथ हैं।

वाचिका : तब क्या हुआ?

वाचक : वही जो महात्मा बुद्ध के साथ हुआ था। रमण बड़ी कठिनाइयों के बाद तिरुवन्नमलइ पहुँचे और उन्होंने सीधे अरुणाचलेश्वर के मन्दिर में अपनी हाजिरी दी। सिद्धार्थ ने घर छोड़ने के बाद अपने कुंडल उतार दिये थे और सिर के बाल काट डाले थे। बालक रमण के कानों में भी हीरे थे, जिन्हें

उन्होंने रास्ते में ही उतार दिया। और अरुणाचल महादेव के दर्शन कर लेने के बाद उन्होंने अपने सिर के बाल कटवा डाले, एक कौपीन मात्र शरीर पर रखकर बाकी सभी वस्त्र फेंक दिये।

वाचिका : रमण ने तिरुवन्नमलइ में ही तप किया?

वाचक : रमण तिरुवन्नमलइ 1 सितम्बर, 1896 ई. को पहुँचे थे। तब से लेकर जीवन के अन्त तक वे तिरुवन्नमलइ में ही रहे। श्री अरुणाचलेश्वर का मन्दिर अत्यन्त विशाल है। बालक संन्यासी रमण इसी मन्दिर में जहाँ-तहाँ रहा करते थे। पहले तो वे बाहर ही रहते थे, मगर शीघ्र ही उन्होंने देखा कि ऊधमी लड़के उन्हें ढेलों से मारते हैं, उन्हें पागल समझकर उनके साथ मनमानी करते हैं। बालक रमण ने मौन व्रत ले लिया था। अतएव वे अरुणाचल मन्दिर की पाताल लिंगवाली गुफा में आ छिपे, जहाँ न हवा पहुँचती थी, न सूर्य का प्रकाश पहुँचता था। यह बिलकुल अन्धकारपूर्ण निर्जन कंदरा थी। रमण पाताल लिंगम् का आलिंगन करके कितने दिनों तक तपस्या करते रहे, इसकी ठीक गिनती नहीं है। किन्तु शेषाद्रि स्वामी नामक साधु ने जब उन्हें कंदरा से बाहर निकाला, रमण की जाँघों में कीड़ों ने काट-काटकर घाव कर दिये थे और वे समाधिमग्न तथा बेहोश थे। आत्म-ज्ञान की मस्ती में वे इस प्रकार निमग्न थे कि शारीरिक कष्टों की उन्हें कोई परवाह ही नहीं थी।

वाचिका : हाय री साधना! लेकिन रमण के घरवालों ने उनकी कोई खोज-खबर क्यों नहीं ली?

वाचक : बालक साधक रमण कभी कुछ बोलते ही नहीं थे और पहले उपद्रवियों से तथा पीछे भक्तों की भीड़

से बचने को बराबर अपना स्थान बदलते रहते थे। इसी क्रम में उन्होंने तिरुवन्नमलइ शहर से बाहर निकलकर गुरुमूर्तम् में रहना शुरू किया। इसी स्थान पर रहते समय यह बात जाहिर हो गई कि रमण पढ़े-लिखे बालक हैं और तमिल वे अच्छी तरह जानते हैं।

वाचिका : यह पता कैसे चला?

वाचक : गुरुमूर्तम् में रमण को एक ऐसा भक्त मिल गया था जो उन्हें ही देवता समझकर उनकी आराधना, पूजन और आरती करने लगा था। उसकी आराधना से बचने को रमण ने एक दिन दीवार पर कोयले से लिख दिया : 'इस शरीर की सेवा के लिए केवल भोजन काफी है।'

वाचिका : लेकिन रमण के परिजनों को रमण का कोई पता क्यों नहीं चला?

वाचक : रमण उन दिनों ब्राह्मण स्वामी के नाम से विख्यात हो रहे थे। उनकी प्रसिद्धि सुनकर उनके मामा आ पहुँचे और उन्होंने अपने भानजे को पहचान लिया। किन्तु भानजे ने उनकी बातों का कोई जवाब नहीं दिया। फिर रमण की माता श्रीमती अलगम्मल भी आ पहुँचीं और बेटे को मनाने के लिए बीसों तरह की बातें करने लगीं। किन्तु रमण ने उनसे भी बातें नहीं कीं, किन्तु उनका सम्मान करने को उन्होंने एक कागज पर लिख दिया कि :

रमण : विधाता मनुष्यों की नियति को उनके प्रारब्ध कर्म के अनुसार चलाता है। जो बात होने वाली नहीं है, वह कभी नहीं होगी। जो बात होने वाली है, उसे हम लाख रोकें, मगर वह होकर रहेगी।

इसलिए आदमी को चाहिए कि वह नीरव और शान्त रहे।

वाचक : माता के लौट जाने के बाद श्री रमण ने गुरुमूर्तम् को भी छोड़ दिया और वे अरुणाचल पर्वत पर चढ़ गए तथा विरूपाक्ष नामक कंदरा में रहने लगे। अब तिरुवन्नमलइ आए हुए उन्हें तीन वर्ष हो चुके थे और इन तीन वर्षों तक उन्होंने जिस कठिन तप का अभ्यास किया था, उसके कारण लोग उन्हें महात्मा मानने लगे थे। किन्तु अपना मौन उन्होंने अब भी नहीं तोड़ा था। हाँ, विरूपाक्ष पहुँचने के बाद वे भक्तों और जिज्ञासुओं के प्रश्नों के उत्तर कागज के टुकड़ों पर लिखकर देने लगे थे।

वाचिका : आध्यात्मिक जिज्ञासा का उत्तर वे क्या देते थे?

वाचक : श्री रमण ने जीवन-भर एक ही बात पर जोर दिया कि अपने-आपसे पूछो कि तुम कौन हो। समझने की कोशिश करो कि तुम्हारे भीतर जो अहं है, उसकी उत्पत्ति कहाँ से होती है। यह प्रश्न पूछते-पूछते और अपनी आत्मा का पता लगाते-लगाते एक दिन तुम्हें विश्वास हो जाएगा कि तुम शरीर से भिन्न हो; जो कुछ होता है, शरीर को होता है; तुम शुद्ध, बुद्ध, चैतन्य और आनन्द-स्वरूप हो। श्री रमण ने कागज के छोटे-छोटे टुकड़ों पर जो उत्तर लिखे थे, साधकों ने टुकड़ों को जुगाकर रखा था। उन्हीं उपदेशों पर से 'आत्मा-विचार' एवं 'मैं कौन हूँ' नामक दो छोटी- छोटी पुस्तकें तैयार हुईं, जो श्री रमण के विचारों के सार के समान हैं।

वाचिका : महर्षि रमण ने अपना मौन कब तोड़ा?

वाचक : यह प्रसंग भी बड़ा ही विलक्षण है। श्री गणपति मुनि नामक एक साधक थे, जो संस्कृत के उद्‌भट पंडित और बड़े ही समर्थ कवि थे। उनकी उपाधि ही काव्यकंठ की थी। सन् 1907 ई. के नवम्बर महीने में उन्हें ईश्वरीय स्फुरणा हुई कि वे महर्षि रमण के दर्शन करें। काव्यकंठ गणपति मुनि भरी दोपहरी में अरुणाचल पर्वत पर चढ़ने लगे और विरूपाक्ष गुफा में उन्होंने श्री रमण को अकेला ही आसीन पाया। गणपति मुनि साष्टांग श्री रमण के चरणों पर गिर गए और आ र्त्त स्वर में बोले :

गणपति मुनि : पढ़ने की जितनी भी चीजें हैं, मैं पढ़ चुका हूँ। मैंने वेदान्त सम्पूर्ण पढ़ा है और मैंने जी भर जाप भी किया है। तब भी मुझे यह पता नहीं चला कि तपस् किसे कहते हैं। इसी व्याकुलता के मारे मैंने आपके चरणों में शरण ली है। कृपया मुझे सिखाइए कि तपस् क्या है।

वाचिका : तब क्या हुआ?

वाचक : श्री रमण शान्त भाव से गणपति मुनि की ओर थोड़ी देर तक देखते रहे, फिर अचानक उनका मौन टूट गया और वे बोल उठे :

श्री रमण : जब मनुष्य विचारने लगता है कि 'मैं' का भाव कहाँ से उत्पन्न होता है, तब मन उस विचार में विलीन हो जाता है। यह तपस् है। मंत्र का उच्चारण मन-ही-मन करने पर जब ध्यान इस बात की ओर जाता है कि मंत्र की ध्वनि कहाँ से उत्पन्न होती है, तब मन उस ध्यान में विलीन हो जाता है। यह तपस् है।

वाचक : इस छोटे से उत्तर से गणपति मुनि को जितना सन्तोष हुआ, उतना सन्तोष उन्हें शास्त्रों और

पुराणों से भी नहीं मिला था। वे गद्गद हो उठे और शाम तक श्री रमण के ही पास बैठे रहे। गणपति मुनि ने ही पहले यह पता लगाया कि ब्राह्मण स्वामी का घर का नाम वेंकट रमण है और तभी भक्तों के सामने उन्होंने यह घोषणा की कि :

गणपति मुनि : अरे, अपने को धन्य समझो कि स्वयं भगवान कार्तिकेय तुम्हारे बीच विराजमान हैं। आज से हम इन्हें ब्राह्मण स्वामी नहीं, बल्कि भगवान श्री रमण महर्षि कहेंगे।

[उत्साहव्यंजक संगीत; शंखध्वनि]

गणपति मुनि : वन्दे श्री रमणर्षेराचार्यस्य पदाब्जम्
यो मे दर्शयदीशं भान्तं ध्वान्तमतीत्य।

मैं आचार्य श्री रमण ऋषि के चरण-कमल की वन्दना करता हूँ, जिनकी कृपा से मुझे अन्धकार का अतिक्रमण करनेवाले ज्योतिर्मय भगवान के दर्शन हुए।

वाचिका : धन्य थे काव्य-कंठ गणपति मुनि, जो कवि होने के साथ-साथ महर्षि के भी कृपा-पात्र हुए।

वाचक : गणपति मुनि की संस्कृत रचनाएँ अनेक हैं, किन्तु उनका सबसे कालजयी ग्रंथ 'रमण-गीता' है। भगवान रमण महर्षि के साथ आध्यात्मिक विषयों पर गणपति मुनि के जो संवाद हुए थे, उन्हीं संवादों का सार इस गीता में दिया गया है। 'श्रीमद्भगवतगीता' के समान 'रमण-गीता' में भी अठराह अध्याय हैं। उसमें एक श्लोक स्वयं भगवान रमण महर्षि का रचा हुआ है।

महर्षि : हृदयकुहरमध्ये केवलं ब्रह्ममात्रं
ह्यहमहमिति साक्षादात्मरूपेण भाति।
हृदि विश मनसा स्वं चिन्वता मज्जता वा
पवनचलनरोधादात्मनिष्ठो भव त्वम्।

वाचक : अर्थात् हृदय की गुफा में मैं-मैं कहकर चमकने वाली आत्मा ही ब्रह्म है। उसे प्राप्त करने के मार्ग तीन हैं। चाहे तो आत्मा को खोजते हुए मन के द्वारा हृदय में प्रवेश करो अथवा अपने-आपके भीतर डूब जाओ अथवा साँसों का अवरोध करो, जिससे तुम आत्मनिष्ठ होकर जी सको।

वाचिका : भगवान रमण को तो पढ़ने-लिखने का सुयोग नहीं मिला था, फिर वे इतने अद्भुत श्लोक कैसे रच लेते थे?

वाचक : हाँ, पढ़ने-लिखने का सुयोग साधारण अर्थ में उन्हें नहीं मिला था, किन्तु संगति से वे कई भाषाओं के जानकार हो गए थे और संस्कृत पर तो उन्हें असाधारण अधिकार प्राप्त हो गया था। भगवान रमण सत्रह साल की उम्र में सिद्ध हुए थे और जब वे उठते नौजवान थे, तभी उनके पास प्रथम यूरोपीय जिज्ञासु आए थे, जिनका नाम हम्फ्रे था।

वाचिका : यह हम्फ्रे कौन थे?

वाचक : मिस्टर एफ. एच. हम्फ्रे वेल्लोर में पुलिस विभाग के उच्च अधिकारी थे। वे महर्षि के पास तीन बार आए थे। बाद में यूरोप जाकर उन्होंने संन्यास ले लिया। हम्फ्रे ने महर्षि से पूछा था :

हम्फ्रे : महाराज, क्या मैं संसार की सहायता कर सकता हूँ?

महर्षि : अपनी सहायता करो। उसी से सारे संसार की सहायता हो जाएगी।

हम्फ्रे : मैं संसार की सेवा करना चाहता हूँ। क्या मैं उसकी सेवा न कर सकूँगा?

महर्षि : हाँ, अपनी सहायता करके तुम दुनिया की सहायता कर सकते हो। तुम संसार में हो, तुम खुद संसार हो। तुम संसार से भिन्न नहीं हो, न संसार तुमसे भिन्न है।

हम्फ्रे : श्रीकृष्ण और ईसा मसीह ने चमत्कार किया था। क्या मैं चमत्कार नहीं कर सकूँगा?

महर्षि : जिन्होंने चमत्कार दिखाए, उन्हें क्या यह बात मालूम थी कि वे चमत्कार दिखा रहे हैं अथवा कोई ऐसा काम कर रहे हैं, जो प्रकृति के नियमों के विपरीत है?

हम्फ्रे : नहीं महाराज!

वाचक : महर्षि रमण की माता जी पुत्र को देखने के लिए कई बार विरूपाक्ष आई थीं और लौट गई थीं। किन्तु सन् 1916 में जब वे महर्षि के पास आईं, तब से उन्हीं के साथ रह गईं। इस बीच महर्षि विरूपाक्ष गुफा को छोड़कर स्कंदाश्रम में रहने लगे और जब माता जी का देहान्त हो गया, महर्षि पर्वत से उतरकर पर्वत के मूल में रहने लगे, जहाँ माता जी को समाधि दी गई थी।

वाचिका : क्या हम इसे महर्षि के वनवासी जीवन का अंत कह सकते हैं?

वाचक : जहाँ माता जी को समाधि दी गई थी, आज का रमणाश्रम उसी जगह पर बसा है। किन्तु महर्षि की दृष्टि में वनवास और गृहवास के बीच कोई भेद नहीं था, न वे पशु-पक्षियों और मनुष्य के बीच कोई भेद करते थे। गिलहरियाँ उनके शरीर पर घूमती रहती थीं, पक्षी उनका विश्वास करते थे और बन्दर उन्हें अपना पंच मानते थे। आदमी

जिस बन्दर को छू दे, उसे बाकी बन्दर अपने झुंड में आने नहीं देते। किन्तु महर्षि के द्वारा छुआ गया बन्दर झुंड में स्वीकार कर लिया जाता था। लक्ष्मी नामक एक गाय थी, जो महर्षि के साथ भक्त-सा व्यवहार करती थी।

वाचिका : कहते हैं, जिस मनुष्य के भीतर हिंसा बिलकुल समाप्त हो जाती है, पशु और पक्षी उसी मनुष्य का विश्वास करते हैं।

वाचक : महात्मा गांधी के शरीर पर एक बार सर्प चढ़ गया था, किन्तु उसने दंश नहीं मारा। महर्षि के शरीर पर भी एक बार एक साँप चढ़ गया था, मगर उसने भी दंश नहीं मारा। मनुष्यों और पक्षियों से सेवित महर्षि का नाम दूर-दूर तक पहुँचने लगा और अनेक देशों एवं धर्मों के लोग उनके दर्शन करने को दूर-दूर से तिरुवन्नमलइ आने लगे। हम्फ्रे के ही समान ग्रांट डफ उनके भक्त थे और मेजर चैडविक तो सब कुछ त्यागकर आश्रम में ही बस गए थे एवं अपना नया नाम उन्होंने साधु अरुणाचल रख लिया था।

वाचिका : यूरोप में महर्षि की ख्याति कैसे पहुँची?

वाचक : यूरोप में महर्षि का नाम पाल ब्रंटन ने पहुँचाया। पाल ब्रंटन एक अंग्रेज साधक थे, जो आध्यात्मिक शान्ति की खोज में भारत आए थे और शान्ति जिन्हें महर्षि के सान्निध्य में मिली।

वाचिका : क्या ये पाल ब्रंटन वे ही हैं, जिन्होंने 'गुप्त भारत की खोज' नामक किताब लिखी है?

वाचक : हाँ, 'गुप्त भारत की खोज' नामक किताब पाल ब्रंटन ने ही लिखी थी। महर्षि के बारे में अपना अनुभव बताते हुए पाल ब्रंटन ने लिखा है कि :

पाल ब्रंटन : हर जिज्ञासु की तरह महर्षि के सामने मैं भी प्रश्नों और शंकाओं से भरा हुआ पहुँचा था। बहुत-से सवाल मैंने आते समय ट्रेन में तैयार किये थे। किन्तु महर्षि के सान्निध्य में पहुँचकर मेरी हालत बदल गई। जिस समय उन्होंने आँखें गड़ाकर मुझे देखना आरम्भ किया, मुझे महसूस होने लगा, मैं महाशान्ति के समुद्र में डूब रहा हूँ और मेरे भीतर कोई भी शंका शेष नहीं है। फिर भी मैंने अपने को सँभालकर एक दिन उनसे पूछ लिया : 'हम लोग बड़े ही कठिन युग में जी रहे हैं। क्या महर्षि संसार के भविष्य के बारे में कुछ कहेंगे?'

महर्षि : भविष्य के बारे में इतनी चिन्ता क्यों करते हो? तुम्हें तो वर्तमान का भी पूरा ज्ञान नहीं है। वर्तमान की चिन्ता करो। भविष्य की चिन्ता स्वयं भविष्य कर लेगा।

पाल ब्रंटन : दुनिया पारस्परिक मित्रता की ओर जाएगी अथवा युद्ध और विनाश की ओर?

महर्षि : सृष्टि पर शासन करने वाला कोई और है। दुनिया का क्या हाल होगा, यह देखना उसी का काम है। जिसने संसार में जीवन डाला है, वही उसका पालन भी करता है। संसार का बोझ तुम्हारे कन्धे पर नहीं, उसी महाशक्ति के कन्धे पर है।

वाचक : महर्षि के साथ महात्मा गांधी की मुलाकात नहीं हुई थी, किन्तु महर्षि गांधी जी को बहुत चाहते थे। एक बार किसी भक्त ने पूछा :

भक्त : अच्छा, भगवान, गांधी जी को क्या समझते हैं?

महर्षि : अहिंसा की शान्ति तुम कहीं भी देख सकते हो, किन्तु अहिंसा की शक्ति केवल गांधी जी में है।

वाचक : एक बार स्वर्गीय डॉक्टर राजेन्द्र प्रसाद और सेठ जमनालाल बजाज महर्षि के दर्शन करने को आश्रम आए थे। उस समय जमनालाल बजाज ने पूछा :

मनालाल बजाज : भगवान, आप तो कर्म की शिक्षा देते हैं। स्वराज्य का काम परोपकार का काम है। वह तो अकर्म माना जा सकता है?

महर्षि : हाँ, तभी जब वह उस भाव से किया जाए, जिस भाव से उसमें गांधी जी लगे हुए हैं। स्वराज्य का काम गांधी जी के लिए आत्मज्ञान की साधना का काम है, ईश्वर को अर्पित कर्म है।

वाचक : जब वे लोग आश्रम से चलने लगे, राजेन्द्र बाबू ने पूछा :

राजेन्द्र प्रसाद : क्या भगवान गांधी जी के लिए कोई सन्देश देना चाहेंगे?

महर्षि : बोलकर सन्देश देने की जरूरत मैं नहीं समझता। हृदय हृदय से बात करता है।

वाचक : कई बार भक्तों ने भगवान से पूछा था कि आप जनता के बीच जाकर धर्मोपदेश क्यों नहीं करते? और हर बार भगवान ने कहा था :

महर्षि : जनता को धर्मोपदेश यदि नहीं दे रहा हूँ, तो और मैं क्या कर रहा हूँ? क्या उपदेश केवल व्याख्यान झाड़कर ही दिया जाता है? सबसे बड़ी भाषा मौन की भाषा है, नीरवता की भाषा है। लेक्चर से होने वाला परिवर्तन टिकाऊ कम होता है। मौन से प्रभावित मनुष्य का परिवर्तन टिकाऊ होता है। याद रखो कि मौन सबसे बड़ी आवाज है।

वाचक : लोग अक्सर यह शिकायत करते हैं कि दुनिया में रहकर अध्यात्म की साधना नहीं की जा सकती। एक भक्त ने एक दिन महर्षि से पूछा :

भक्त : भगवान, मैं संन्यासी हो जाऊँगा। गृहस्थ रहते हुए साधना ठीक से चलती नहीं।

महर्षि : गृहस्थी और संन्यास, दोनों में से कोई भी साधना का बाधक या साधक नहीं है। अभी तुम अपनी विपद गार्हस्थ्य को समझते हो। संन्यासी हो जाने पर संन्यास ही तुम्हारी विपत्ति बन जाएगा। गृहस्थ मन से निश्चिन्त रहे तो वह संन्यासी है। और संन्यासी को अगर वासना लगी रही, उसका मन भटकता रहा, तो वह गृहस्थ से भी बुरा है। जान-बूझकर ध्येययुक्त कर्म मत करो। जान-बूझकर कर्म से बचने की भी कोशिश मत करो। आयास आसक्ति का प्रमाण है। तुम्हें कर्म और अकर्म, दोनों की चिन्ता छोड़कर सहज भाव से जीना चाहिए।

वाचक : एक यूरोपीय भक्त ने एक दिन पूछा :

भक्त : ज्ञान के लिए एकान्त आवश्यक है या नहीं भगवान?

महर्षि : एकान्त मन में होता है। आदमी दुनिया के शोर-गुल में भी मन की एकाग्रता कायम रख सकता है। ऐसा आदमी हमेशा एकान्त में है। दूसरा आदमी जंगल में बसता है, मगर मन पर काबू नहीं पा सकता। ऐसा आदमी एकान्त में नहीं जीता। जिस आदमी की आसक्ति इच्छाओं में है, उसे एकान्त कहीं भी नहीं मिलेगा। जो मनुष्य अनासक्त है, वह हमेशा एकान्त में ही रहता है।

वाचक : एक अन्य भक्त ने प्रश्न किया :

भक्त : भगवान, सिद्धि और चमत्कार की शक्ति प्राप्त करनी चाहिए या नहीं?

महर्षि : दूर की बातें सुनने या जानने के लिए टेलीपैथी और रेडियो की जरूरत होती है। किन्तु दोनों का सम्बन्ध श्रवण और दृष्टि से है। अतएव महत्त्व सुनने का नहीं, श्रोता का होना चाहिए। क्योंकि श्रोता और द्रष्टा के बिना रेडियो और टेलीपैथी भी बेकार हैं। सुनना और देखना, ये मन की क्रियाएँ हैं, अतएव सिद्धियों की भी पहुँच मन तक ही है। वे आत्मा के धर्म नहीं हैं। यह भी सोचने की बात है कि सीमित शक्तिवाला होने पर भी मन हमारे क्लेश का कारण है। अगर उसकी शक्तियाँ निस्सीम हो जाएँ, तो क्लेश भी निस्सीम हो जाएँगे।

वाचक : भक्तों को चमत्कार महर्षि में भी दिखाई पड़ते थे, किन्तु महर्षि बराबर चमत्कार का खंडन करते थे। एक बार एक शिष्य ने पूछा :

शिष्य : भगवान, योगी तो हमें मृतात्माओं के दर्शन करा सकते हैं?

महर्षि : हाँ, वे चाहें तो करा सकते हैं। मगर मुझसे यह मत कहो कि मैं तुम्हें मृतात्माओं से मिला दूँ, क्योंकि मैं यह काम नहीं करता।

वाचक : एक बार एक शिष्य ने यह जानना चाहा कि कर्म के प्रति हमारा दृष्टिकोण क्या होना चाहिए? महर्षि ने कहा :

महर्षि : कर्म का त्याग व्यर्थ है। कर्म को तुम छोड़ ही नहीं सकते। केवल इस भाव का त्याग करो कि कर्ता तुम हो। यदि तुम्हारे प्रारब्ध में यह है कि कर्म तुम्हें करना चाहिए, तो लाख छोड़ने पर भी कर्म तुम्हें करना ही पड़ेगा और प्रारब्ध में अगर यह हो कि कर्म तुम्हें नहीं करना है, तो लाख कोशिश करने

पर भी कर्म करना तुमसे पार नहीं लगेगा। जनक और शुकदेव ऐसे ही कर्ता थे, जिन्हें अपने कर्तापन का भान नहीं था।

वाचक : विभिन्न धर्मों के बीच जो भेद-भाव हैं, उन्हें महर्षि व्यर्थ समझते थे। धार्मिक मनुष्य को वे हिन्दू-मुसलमान या क्रिस्तान न समझकर केवल धार्मिक समझते थे। मेजर चैडविक को समझाते हुए एक बार उन्होंने कहा था :

महर्षि : धर्म अत्यन्त सीधी-सी चीज है यानी प्रत्येक आत्मा-परमात्मा है। किन्तु इस सीधी-सी बात को समझने के लिए कितने दर्शन, कैसे-कैसे पेचीदे धर्म-मार्ग पैदा हो गए हैं। लगता है, आदमी सीधी बातें नहीं चाहता, वह घुमाव चाहता है, पेचीदेपन से प्रभावित होता है। सीधी बातें केवल उनकी समझ में आती हैं, जिनकी बुद्धि परिपक्व है।

वाचक : धर्म का आरम्भ आत्म-समर्पण से होता है, यह बात वे बार-बार कहते थे :

महर्षि : अध्यात्म की बातें बुद्धिवाद के साथ जोड़ी नहीं जा सकतीं। अध्यात्म बुद्धि से परे की चीज है। द्रौपदी के पक्ष में भगवान ने चमत्कार तब किया, जब द्रौपदी ने पूर्ण रूप से आत्म-समर्पण कर दिया। धर्म का वास्तविक रहस्य आत्म-समर्पण ही है।

वाचक : मौन से महर्षि केवल वाणी का मौन नहीं समझते थे :

महर्षि : मौन वह है, जिसके भीतर विचार नहीं उठते। मौन वह है, जो संकल्प-विकल्प के परे पहुँच गया है। मौन वह स्थिति है, जो अहंकार के विनाश के बाद

उत्पन्न होती है। यह वह अवस्था है, जो अन्धकार और प्रकाश, दोनों के पार है, फिर भी हम उसे प्रकाश कहकर ही प्रकट करते हैं, क्योंकि ऐसा कोई शब्द नहीं है, जो उस स्थिति का ठीक-ठीक वर्णन कर सके।

वाचक : महर्षि स्वयं भी कविता करते थे, किन्तु कविता के बारे में बोलते हुए उन्होंने एक बार कहा था कि :

महर्षि : कविता भी आखिर क्या चीज है? मानसिक शक्तियों का मंथन करके कीर्ति उपार्जन करना, यही कवित्व है। किन्तु मेरे मार्ग में तो इस शक्ति को भी सोना चाहिए।

वाचक : किन्तु एक बार तमिल के परम श्रेष्ठ कवि श्री मुरुगनार जी ने उनसे कहा :

मुरुगनार : भगवान, शंकर पर एक कविता लिखते-लिखते मैं उस स्थल पर पहुँच गया हूँ, जहाँ शंकर को ऋषियों को उपदेश देना है। किन्तु इस उपदेश की कल्पना मैं नहीं करना चाहता। जब शंकर यहाँ सदेह विद्यमान हैं, तो उपदेश की कल्पना क्यों की जाए? कविता का यह अंश आपको ही रचना होगा।

महर्षि : मैं नहीं रचूँगा।

मुरुगनार : तो फिर कविता अधूरी रह जाएगी।

महर्षि : तो इसमें बुराई क्या है? अधूरी ही रहे।

वाचक : किन्तु मुरुगनार जी ने महर्षि का पीछा नहीं छोड़ा, वे बराबर उनसे प्रार्थना करते रहे। आखिर को एक दिन महर्षि ने तीस पदों की रचना कर दी। तमिल में यह कविता 'उपदेश-सार' के नाम से प्रसिद्ध है और महर्षि ने उसका अनुवाद संस्कृत में भी किया है।

'उपदेश-सार' के कुछ श्लोक इस प्रकार हैं :

महर्षि : कर्तुराज्ञया प्राप्यते फलम्
कर्म किं परं कर्म तज्जडम्।
कृतिमहोदधौ पतनकारणम्
फलमशाश्वतं गतिनिरोधकम्।
ईश्वरार्पितं नेच्छया कृतम्
चित्तशोधकम् मुक्तिसाधकम्।

वाचक : महर्षि वर्णाश्रम-धर्म की निन्दा नहीं करते थे, मगर उनके अपने आश्रम का रिवाज कुछ और था। अनेक धर्मों और जातियों के लोग आश्रम के एक ही हॉल में साथ बैठकर भोजन करते थे। महर्षि समदर्शी थे। खाने-पीने की जो वस्तु इतनी नहीं होती कि वह सबको दी जा सके, उसे महर्षि अपने लिए भी त्याज्य समझते थे। उत्तर के एक मुसलमान भक्त आश्रम गए थे। उन्होंने वहाँ समता का जो व्यवहार देखा, उससे वे अभिभूत हो उठे और महर्षि से बोले :

भक्त : जब मैं यहाँ आया, मुझे भरोसा नहीं था कि आप मुझसे बात करेंगे या अपने पास आने देंगे। लेकिन आपने तो मुझे भी वहीं खाना खिलाया, जहाँ खुद आप खाना खाते हैं। यह बात यदि मैं उत्तर प्रदेश पहुँचकर बोलूँ तो वहाँ कोई विश्वास नहीं करेगा। एकता और समता फैलाने का आपका यह तरीका बहुत ही ऊँचा है। मैं तो आपको भगवान समझता हूँ।

वाचक : महर्षि का विश्वास था कि प्रारब्ध टाला नहीं जा सकता। इससे निराश होकर एक भक्त ने पूछा :

भक्त : भगवान, यदि सब कुछ प्रारब्ध के ही अधीन है, तो फिर मनुष्य के पुरुषार्थ का क्या उपयोग है?

महर्षि : मनुष्य के हाथ में केवल एक पुरुषार्थ है कि वह यह समझने की कोशिश करे कि आत्मा शरीर से भिन्न है। शरीर कर्म से उत्पन्न हुआ है, वह कर्म किये बिना रह नहीं सकता। किन्तु कर्मों के फल ईश्वर के अधीन हैं। अतएव कर्मों से तटस्थ होना ही पुरुषार्थ है। शरीर से आत्मा की भिन्नता का ज्ञान ही पुरुषार्थ है।

वाचक : एक दिन साधु अरुणाचल ने यानी मेजर चैडविक ने आकर भगवान से निवेदन किया :

चैडविक : भगवान, सामरसेट मॉम अंग्रेजी के बड़े ही प्रसिद्ध उपन्यास-लेखक और ग्रन्थकार हैं। आज दोपहर को वे दो महिलाओं के साथ आश्रम पधारे हुए हैं। उन्हें भोजन कराने को मैं अपनी कुटी में ले गया था, लेकिन धूप लगने से वे बेहोश हो गए। अब वे अच्छे तो हैं, मगर इस हॉल में उन्हें मैं लाना नहीं चाहता। क्या भगवान सामरसेट मॉम को दर्शन देने को मेरी कुटी में पधारने की कृपा करेंगे?

वाचक : भगवान रमण किसी के भी घर नहीं जाते थे, न किसी को एकान्त में समय देते थे। किन्तु इस बार वे द्रवित हो उठे और बोले :

महर्षि : अच्छा, टहलते समय तुम्हारी कुटी की ओर आ जाऊँगा।

वाचक : महर्षि मेजर चैडविक की कुटी में गए और सामरमेट मॉम के सामने बैठकर उन्हें बीस मिनट तक देखते रहे। इतने में मॉम का हृदय शान्ति और आनन्द से भर गया। फिर वे अचानक बोल उठे :

सामरसेट मॉम : किन्तु, चैडविक, मुझे तो कुछ प्रश्न करना था, मगर अब सूझता ही नहीं कि क्या पूछना चाहिए।

महर्षि : नहीं, पूछने की अब कोई बात नहीं रही। हृदय ने हृदय से सारी बातें कर लीं। अब पूछने को बाकी क्या रहा? सारी बातचीत मौन में विलीन हो जाती है।

वाचक : सन् 1946 ई. में किसी भक्त ने भगवान से कहा :

भक्त : भगवान, अब भारत स्वाधीन होने जा रहा है। स्वाधीन होने के बाद वह गौरव के शिखर पर पहुँच जाएगा। परमहंस स्वामी रामतीर्थ की भी भविष्यवाणी यही थी कि सन् 1950 ई. के आते-आते भारत फिर उन्नति की चोटी पर पहुँच जाएगा।

महर्षि : भारत गौरव के शिखर पर अभी क्यों नहीं है?

वाचिका : भगवान ने ऐसा क्यों कहा? उनके कहने का आशय क्या था?

वाचक : आशय का हम सिर्फ अनुमान लगा सकते हैं। भगवान शायद यह कहना चाहते थे कि जब रामकृष्ण और विवेकानन्द जन्मे, अरविन्द और रमण का आविर्भाव हुआ, रामतीर्थ और गांधी उत्पन्न हुए, तब तो भारत उन्नति के शिखर पर नहीं पहुँचा, लेकिन कल-काखाने बनने पर और टेक्नोक्रैटों के जन्म लेने पर यह देश उन्नति की चोटी पर पहुँच जाएगा, यह बेतुकी बात है। भारत आज भी गौरव के ही शिखर पर है। एक दिन एक स्विस महिला ने पूछा :

स्विस महिला : आत्मज्ञान के साथ आदमी को सिद्धियाँ भी प्राप्त होती हैं क्या?

महर्षि : सिद्धियों की कामना मन करता है, किन्तु आत्म-ज्ञान की उपलब्धि तो मन के विनाश के बाद सम्भव

होती है। जिसके भीतर अहं शेष नहीं है, वह सिद्धियों की परवाह नहीं करता।

वाचक : एक दूसरे भक्त ने पूछा :

भक्त : भगवान, आत्मा का पुनर्जन्म कैसे होता है?

महर्षि : आत्मा न जन्म लेती है, न मरती है। उसमें कोई विकार, कोई परिवर्तन नहीं होता। वह सदैव एकरस रहती है। होता यह है कि देह आकर आत्मा को घेर लेती है। यह जन्म है। फिर देह उससे छूटकर गिर जाती है, यह मृत्यु है। आत्मा एक शरीर को छोड़कर दूसरे शरीर की कामना नहीं करती, दूसरे शरीर की खोज में नहीं भटकती। जन्म और मरण शरीर का होता है।

वाचक : आत्मा नहीं छूटती, शरीर छूटता है। आत्मा कहीं आती-जाती नहीं, आवागमन शरीर का होता है। महर्षि को जो शरीर मिला था, उसके छूटने के भी लक्षण प्रकट होने लगे। सन् 1948 ई. का साल खत्म हो रहा था कि महर्षि की बाईं बाँह पर मटर के बराबर एक दाना निकला, जो धीरे-धीरे बढ़ने लगा। सन् 1949 ई. के फरवरी महीने तक बढ़कर वह एक छोटे नीबू के बराबर हो गया। डॉक्टरों ने निदान किया, यह कैंसर है।

वाचिका : *(आश्चर्य से),* कैंसर!

वाचक : हाँ, कैंसर। सन्तों के भी शरीर प्रकृति के नियम के अपवाद नहीं हैं। अथवा संत प्रकृति के कार्यक्रम में अपने लिए हस्तक्षेप नहीं करते। सुर, नर, मुनि सब भोगिहैं देह धरे को दण्ड। परमहंस रामकृष्ण का भी शरीर कैंसर के कारण ही छूटा था।

वाचिका : महर्षि कितने दिनों तक बीमार रहे?

वाचक : सन् 1948 ई. के अन्त से महर्षि प्रायः हमेशा ही बीमार रहे। सन् 1949 ई. के फरवरी महीने में उनका पहला ऑपरेशन हुआ, किन्तु ट्यूमर फिर बढ़ गया। अतएव उनका दूसरा ऑपरेशन 27 मार्च को किया गया। लेकिन ट्यूमर तब भी निकल आया, इसलिए 7 अगस्त को डॉक्टरों को तीसरी बार महर्षि की बाँह पर शल्य-क्रिया करनी पड़ी। लेकिन रोग ने जाने का नाम नहीं लिया। अतएव 19 दिसम्बर, 1949 ई. को उनका ऑपरेशन चौथी बार भी किया गया। ये सारे ऑपरेशन बिना क्लोरोफार्म के किये गए थे। महर्षि हर ऑपरेशन के समय तटस्थ भाव से बैठे रहे, मानो छुरी उनके शरीर पर नहीं, किसी और के शरीर पर चल रही हो!

वाचिका : कैंसर की पीड़ा तो भयानक होती है। उस पर बिना क्लोरोफार्म के ऑपरेशन! महर्षि ने ये यातनाएँ किस प्रकार सही होंगी?

वाचक : यातना का उन्हें भान नहीं होता था अथवा वे उसे सह्य बना लेते थे। एक बार उन्होंने कहा था :

महर्षि : जहाँ मन ही नहीं है, वहाँ पीड़ा का अनुभव कौन करेगा?

वाचक : एक दूसरी बार उन्होंने कहा था :

महर्षि : लोग इस शरीर को ही भगवान मानते हैं और समझते हैं कि भगवान को पीड़ा हो रही है। कितनी नासमझी की बात है?

वाचक : वर्षों पहले उन्होंने अपने एक भक्त एस.एम. कोहेन से कहा था :

महर्षि : अगर ज्ञानी का हाथ छुरी से काटा जाए, तो दर्द तो उसे भी उतना ही होगा जितना किसी अन्य

प्राणी को, किन्तु मन के आनन्द-निमग्न रहने के कारण पीड़ा का तीखापन उसे महसूस नहीं होता।

वाचक : ऑपरेशन करवाना महर्षि ने भक्तों का आग्रह रखने को मंजूर किया था, वरना स्वयं उनका विश्वास उसमें नहीं था। वे कहते थे :

महर्षि : इलाज की कोई जरूरत ही नहीं है। रोग को अपनी इच्छा से आगे बढ़ने दो।

वाचक : भगवान की वेदना देखकर भक्तों की छाती फटती थी, मगर भगवान अविचल और शान्त थे, बल्कि कभी-कभी वे मजाक भी कर बैठते थे। महर्षि की पीड़ा देखकर एक बहन खम्भे से सिर मारकर रो रही थी। भगवान ने कहा :

महर्षि : अरे, मैंने समझा, यह देवस्थान में नारियल फोड़ रही है।

वाचक : अपने भक्त और डॉक्टर श्री टी.एन. कृष्णस्वामी से उन्होंने कहा था :

महर्षि : शरीर केले के पत्ते के समान है। पत्ते पर हम तरह-तरह की चीजें खाते हैं, किन्तु खा लेने के बाद पत्ते को जुगाते नहीं, फेंक देते हैं। यही हाल शरीर का भी है।

वाचक : एक भक्त ने कहा :

भक्त : भगवान, हम सभी डॉक्टर और वैद्य तो हार गए। अब आप अपनी इच्छा से स्वयं अच्छे हो जाइए।

महर्षि : अच्छा होने की इच्छा कौन करेगा? तुम कुली के माथे पर बोझा रख देते हो और कहते हो कि इसे मेरे घर तक पहुँचा आओ। कुली बेचारा हाँफता हुआ चलता है कि घर जल्दी पहुँच जाए। अब जब वह घर पहुँचने पर है, तब तुम कहते हो,

कोस-दो कोस और चलो। असली रोग तो शरीर है। यह रोग तो रोग को हुआ है। इससे बचने की इच्छा कौन करे?

वाचक : एक पारसी भक्तिन श्रीमती तालेआर खाँ ने कहा :

श्रीमती खाँ : भगवान, अपना रोग आप मुझे दे दें। मैं उसे भोगने को तैयार हूँ।

महर्षि : किन्तु, मुझे यह रोग किसने दिया है?

वाचक : ज्यों-ज्यों समय नजदीक आता गया, भगवान भक्तों पर और भी दया दिखाने लगे। एक दिन उन्होंने कहा :

महर्षि : लोग समझते हैं कि मैं जा रहा हूँ। किन्तु मैं जाऊँगा कहाँ? मैं तो यहीं रहूँगा।

वाचक : पाँच जनवरी, 1950 ई. को भगवान की इकहत्तरवीं वर्षगाँठ काफी धूमधाम से मनाई गई। बाजे बजे। संगीत हुआ। वेद-परायण और स्तुति पाठ हुआ।

[वाद्य-वृन्द, शंखध्वनि]

[कोरस गान]

बरस रहा आलोक शिखर पर,
देव रमण, जागो!
शिव, शिव, अरुणाचल, जागो!
कूक रही कोयल कुंजों में,
कलरव ध्वनित पत्र-पुंजों में,
दर्शन दो, दर्शन अजेय ऋषि,
ज्ञान पुरुष, जागो।
शिव, शिव, अरुणाचल, जागो।

वाचक : जब किसी भी इलाज से कोई लाभ नहीं हुआ, लोग महर्षि के नैरोग्य के लिए प्रार्थना करने लगे। एक भक्त ने पूछा :

भक्त : भगवान, आपके नैरोग्य के लिए हम जो प्रार्थना कर रहे हैं, वह ठीक है या नहीं?

महर्षि : हाँ, सत्कर्म हमेशा वांछनीय होता है। अच्छे काम जरूर करने चाहिए।

वाचक : ज्यों-ज्यों महानिर्वाण का दिन समीप आता गया, भगवान अधिक-से-अधिक लोगों को अपने दर्शन देने लगे। आखिर को सन् 1950 ई. के 14 अप्रैल की शाम आ पहुँची। भगवान ने बैठना चाहा। भक्तों ने सहारा देकर उन्हें बैठा दिया। डॉक्टर ऑक्सीजन देने लगे, भगवान ने हाथ के इशारे से उन्हें मना कर दिया। फिर उनके अधरों पर एक अनिर्वचनीय मुसकान आई, आँखों से आनन्द के अश्रु चले और वे शान्त हो गए। जिस समय भगवान का शरीर छूटा, ठीक उसी समय आश्रम के पास ही एक उल्का नीचे से ऊपर को उड़ी और अरुणाचल के शिखर पर जाकर विलुप्त हो गई। पिता ने पुत्र को अपनी गोद में वापस बुला लिया।

[शोक-व्यंजक वाद्य-ध्वनि]

[कोरस गीत]

नमो, नमो अरुणाचलवासी,
जीवनमुक्त, अकामी हे!
निर्विकार, निष्कलुष, निरामय,
नमो, नमो, नर नामी हे!

पुरुष परम निर्लिप्त, उदासी,
जय अद्वैत शिखर के वासी।
जय अनुपम, जय अनघ, अमृतमय,
जय प्रकाश-पथ गामी हे।
नमो, नमो, अरुणाचलवासी
जीवन-मुक्त, अकामी हे!

अप्रैल, 1968 ई.

महात्मा गांधी

[गम्भीर संगीत]

वाचक : प्रजहाति यदा कामान् सर्वान् पार्थ, मनोगतान्,
आत्मन्येवात्मना तुष्टः स्थितप्रज्ञः तदोच्यते।
यः सर्वत्रानभिस्नेहम् तत् तत् प्राप्य शुभाशुभम्
नाभिनन्दति न द्वेष्टि तस्य प्रज्ञा प्रतिष्ठिता।

स्थितप्रज्ञ के लक्षण क्या हैं, अर्जुन के यह पूछने पर भगवान ने कहा : 'हे पार्थ, जब मनुष्य मन में पैदा होनेवाली सभी कामनाओं को छोड़ देता है और आत्मा द्वारा आत्मा में ही सन्तुष्ट रहता है, तब वह स्थितप्रज्ञ कहलाता है। जो सब कहीं निरासक्त रहकर शुभ या अशुभ पाने पर न खुश होता है, न रंज मानता है, उसकी बुद्धि स्थिर है।' गांधी जी की कथा, सच्चे अर्थों में, स्थितप्रज्ञ पुरुष की जीवन-कथा है।

वाचिका : किन्तु महात्मा गांधी तो राजनीति के आदमी थे? राजनीति में रहते हुए मनुष्य स्थितप्रज्ञ कैसे हो सकता है?

वाचक : हाँ, बहुत-से आदमी हैं, जिन्हें सन्त का बाना बनाकर संसार में लिप्त रहना पड़ता है, मगर

गांधी जी सन्त थे, जिन्हें आजीवन राजनीति में रहना पड़ा। एक बार उन्होंने कहा भी था :

गांधी जी : सत्य मेरा परमेश्वर है। उसकी खोज मैं अहिंसा के द्वारा करता हूँ। स्वदेश और संसार की स्वतंत्रता के लिए किये जाने वाले मेरे प्रयास उसी साधना के अंग हैं।

वाचक : गांधी जी के प्रयोग से भगवान ने मनुष्यों को शायद यह समझाया है कि जीवन का जो क्षेत्र सबसे कठिन और कराल है, धर्म का शुद्ध आचरण उसमें भी किया जा सकता है। और यह कितनी विलक्षण बात है कि गांधी जी के सामने जब संकटों का तूफान बड़े जोर से उमड़ा, उस समय उनकी स्थितप्रज्ञता और भी प्रखर हो उठी।

वाचिका : आपका तात्पर्य सन् बयालीस के भारत छोड़ो आन्दोलन से है?

वाचक : गांधी जी का सम्पूर्ण जीवन ही घटनाओं और कर्मों से खचाखच भरा हुआ था और राजनीति की दृष्टि से 'भारत छोड़ो आन्दोलन' उनका सबसे बड़ा आन्दोलन था, किन्तु धर्म की दृष्टि से, नैतिकता की दृष्टि से उनके जीवन के अन्तिम चार वर्ष सबसे अधिक प्रधान थे।

वाचिका : इसके मानी ये हुए कि गांधी जी की जैसी परीक्षा आगा खां महल वाली जेल से रिहाई के बाद हुई, वैसी और पहले कभी नहीं हुई थी।

वाचक : गांधी जी का सारा जीवन संघर्ष, जाँच, और परीक्षाओं में ही बीता था। और जाँच उनकी आगा खां महल में भी कम नहीं हुई। महादेव भाई देसाई गांधी जी के दूसरे शरीर थे। उनकी मृत्यु इसी जेल में हुई। गांधी जी की सहधर्मिणी माता

कस्तूरबा का शरीर-पात इसी जेल में हुआ। और जब गांधी जी का अपना स्वास्थ्य बहुत खराब रहने लगा, सरकार ने इक्कीस महीनों की नजरबन्दी के बाद उन्हें 6 मई, सन् 1944 ई. को अचानक रिहा कर दिया।

वाचिका : महादेव भाई और कस्तूरबा को खोकर बापू जब जेल से निकले होंगे, तब उन्हें कैसा लगा होगा?

वाचक : जेल से निकलकर गांधी जी पूणे की पर्णकुटी में पहुँचे, किन्तु इस समय महादेव और बा की याद उन्हें सता रही थी। वे आप-ही-आप बोल उठे :

गांधी जी : जो भी हो, मगर इससे अच्छी मृत्यु उन्हें नहीं मिल सकती थी। बा और महादेव, दोनों ने देवी स्वतंत्रता की बलिदेवी पर अपने प्राण न्योछावर कर दिये और अब अमर हो गए हैं। क्या जेल से बाहर जाकर मरने पर यह गौरव उन्हें प्राप्त हो सकता था?

वाचक : रिहाई के बाद पूणे से गांधी जी बम्बई चले गए और जुहू पहुँचकर उन्होंने शक्ति-संचय के लिए पन्द्रह दिनों का मौन धारण किया। विश्राम के लिए वे फिर पूणे के प्राकृतिक चिकित्सा-केन्द्र में चले गए और वहाँ से उन्होंने वायसराय लॉर्ड वेवल को पत्र लिखा :

गांधी जी : भारत के बाहर और भीतर ऐसे बहुत-से लोग हैं, जो चाहते हैं कि सार्वजनिक हित में मैं कोई काम करूँ। लेकिन मैं तो बीमार हूँ। अगर मैं अच्छा भी होता तो कांग्रेस की कार्यकारिणी समिति का अभिप्राय जाने बिना मैं क्या कर सकता था? जब मैं जेल में था, मैंने कार्यकारिणी समिति सदस्यों से मिलने के लिए आपकी इजाजत चाही थी। अब आजाद होकर भी मैं वही इजाजत चाहता हूँ।

डॉक्टरों की आज्ञा मिलते ही, आप जहाँ चाहेंगे, वहाँ मैं आपसे मिलूँगा।

वाचक : लेकिन वायसराय वेवल ने गांधी जी को समय नहीं दिया। गांधी जी सन् बयालीस के 'भारत छोड़ो' प्रस्ताव का अब भी समर्थन करते थे और यह बात वायसराय को नापसन्द थी। वायसराय ने जवाब दिया :

लॉर्ड वेवल : आप तो 'भारत छोड़ो' प्रस्ताव पर अभी भी आरूढ़ हैं। ऐसे में हम लोगों की मुलाकात का कोई अच्छा नतीजा नहीं निकलेगा।

वाचक : गांधी जी और लॉर्ड वेवल के बीच खत-किताबत कुछ और हुई, मगर वायसराय इस बात पर अडिग खड़े रहे कि जब तक कांग्रेस और मुस्लिम लीग के बीच मतैक्य नहीं होता और ब्रिटिश सरकार उसका समर्थन नहीं करती, तब तक सरकार कोई भी नया कदम नहीं उठाएगी।

वाचिका : तब गांधी जी ने क्या किया?

वाचक : भारत की साम्प्रदायिक समस्या के तीन पक्ष थे। झगड़ा केवल कांग्रेस और मुस्लिम लीग के ही बीच नहीं था, एक तीसरी पार्टी अंग्रेज भी थे। वायसराय से निराश होकर गांधी जी ने जिन्ना साहब की ओर देखा।

वाचिका : जिन्ना साहब से बात किस आधार पर हुई?

वाचक : राजा जी ने मुस्लिम लीग की माँग को पूरा करने के लिए एक फार्मूला तैयार किया था, जो 'राजाजी फार्मूला' के नाम से मशहूर है। गांधी जी ने चाहा कि इसी फार्मूले के आधार पर जिन्ना साहब से बातचीत की जाए। उन्होंने जिन्ना साहब को गुजराती भाषा में पत्र लिखा :

गांधी जी : भाई जिन्ना, एक समय था जब मैं आपको गुजराती बोलने के लिए उकसाया करता था, क्योंकि आपकी भी मातृभाषा गुजराती ही है। आज मैं फिर मातृभाषा में आपको पत्र लिख रहा हूँ। जेल से ही मैंने आपको लिखा था कि मैं आपसे मिलना चाहता हूँ। मैं चाहता हूँ कि हम लोग मिलें। मुझे इस्लाम या भारतीय मुसलमानों का शत्रु मत समझिए। मैं हमेशा आपका और मनुष्य-जाति का सेवक और मित्र रहा हूँ। अब आप मुझे निराश न करें।

वाचिका : फिर क्या हुआ?

वाचक : जिन्ना ने तुरन्त तो समय नहीं दिया, मगर गांधी जी से मिलने के लिए वे तैयार जरूर हो गए। गांधी जी और जिन्ना मिलेंगे, इस समाचार से हिन्दू और मुसलमान, दोनों खुश हुए। दोनों धर्मों के लोगों ने मिलकर कई जगह प्रस्ताव पास किए कि गांधी-जिन्ना मिलन से एकता का कोई रास्ता निकल आवे। इस अवसर पर गांधी जी से एक पत्रकार ने पूछा :

पत्रकार : अगर जिन्ना साहब ने आपके प्रस्ताव को न माना या आपकी वार्ता यदि विफल हो गई, तब भी क्या आप राजा जी के फार्मूले का समर्थन करते रहेंगे?

गांधी जी : मैं मृत्यु से पहले मरने में विश्वास नहीं करता। मैं इस वार्ता में असफलता की शंका लेकर नहीं जा रहा हूँ।

वाचक : किन्तु वार्ता असफल हो गई। दो राष्ट्रों वाले सिद्धान्त पर जिन्ना अड़े हुए थे। उन्होंने गांधी जी को लिखा :

जिन्ना : यह स्पष्ट है कि हिन्दुओं को छोड़कर आप किसी का भी प्रतिनिधित्व नहीं करते। मुश्किल यह है

कि आप अपनी स्थिति को नहीं समझते, न आपको समझाना मेरे बस की बात है।

वाचक : और गांधी जी ने जिन्ना को लिखा :

गांधी जी : आप इस बात को मान क्यों नहीं सकते कि मैं भारत की पूरी जनता का प्रतिनिधित्व करना चाहता हूँ? क्या आप उसका प्रतिनिधित्व करना नहीं चाहते? क्या हर हिन्दुस्तानी के लिए यह उचित नहीं है कि वह पूरे भारत का प्रतिनिधित्व करे?

वाचक : इस वार्ता पर टीका करते हुए गांधी जी ने कहा :

गांधी जी : हमारी वार्ता और हमारे पत्राचार समानान्तर चलते रहे। वे एक-दूसरे को छू ही नहीं सके।

वाचिका : तो फिर जिच टूटी कैसे?

वाचक : संसार का जनमत भारतीय स्वाधीनता के पक्ष में आ गया था। खुद ब्रिटेन के लोग भी मानने लगे थे कि हिन्दुस्तान को गुलाम रखना असम्भव है। अतएव ब्रिटेन के प्रधानमंत्री की राय से वायसराय ने जून, सन् 1945 ई. में कांग्रेस कार्य-समिति के सदस्यों को छोड़ दिया और यह घोषणा की कि भारतीय स्वाधीनता के प्रश्न पर विचार करने को शिमले में एक सम्मेलन बुलाया जाएगा।

वाचिका : क्या इस सम्मेलन में गांधी जी भी सम्मिलित हुए थे?

वाचक : वायसराय ने यह सम्मेलन प्रतिनिधियों का बुलाया था। गांधी जी ने कहा :

गांधी जी : मैं तो किसी का प्रतिनिधि नहीं हूँ। मैं तो व्यक्ति हूँ। मैं कांग्रेस का भी प्रतिनिधित्व नहीं कर सकता। फिर मैं इस सम्मेलन में कैसे भाग ले सकता हूँ?

वाचक : लेकिन वायसराय ने आग्रह किया :

लॉर्ड वेवल : मगर आपको तो इस सम्मेलन में मौजूद रहना ही चाहिए।

गांधी जी : अच्छा, तो जब तक यह सम्मेलन चलता है, तब तक मैं शिमले में मौजूद रहूँगा और सम्मेलन में आप मुझे आने को कहेंगे, तो दर्शक की हैसियत से मैं आ जाया करूँगा।

वाचक : किन्तु, शिमला सम्मेलन विफल हो गया—कुछ तो इस कारण कि जिन्ना साहब ने अपनी जिद नहीं छोड़ी और कुछ इसलिए कि ब्रिटेन के प्रधानमंत्री मिस्टर चर्चिल नहीं चाहते थे कि सम्मेलन कामयाब हो।

वाचिका : मिस्टर चर्चिल भारतीय स्वाधीनता के कट्टर शत्रु थे।

वाचक : किन्तु, सन् 1945 ई. में इंग्लैंड में जो आम चुनाव हुआ, उसमें चर्चिल की पार्टी हार गई और सरकार लेबर पार्टी ने बनाई। जब लेबर पार्टी के नेता मिस्टर एटली प्रधानमंत्री हुए, 16 सितम्बर, 1945 ई. को लन्दन और दिल्ली, दोनों जगहों से एक साथ यह घोषणा की गई थी कि भारत में भी आम चुनाव होगा और उन्हीं सदस्यों में से चुने हुए लोग भारत की संविधान सभा के सदस्य होंगे और यही संविधान सभा स्वतंत्र भारत का संविधान तैयार करेगी।

वाचिका : आशा और निराशा के इस द्वन्द्व का गांधी जी पर क्या प्रभाव पड़ा?

वाचक : कोई प्रभाव नहीं। वे स्वराज्य को अधिक और दूसरे कामों को कम महत्त्व नहीं देते थे। शिमला सम्मेलन से लौटकर उन्होंने पूना में एक प्राकृतिक चिकित्सा-केन्द्र खोला और लोगों से वे कहने लगे :

गांधी जी : मेरी कल्पना के स्वराज्य में प्राकृतिक चिकित्सा का बहुत बड़ा स्थान है। स्वराज्य के लिए प्रशिक्षण में

तीन प्रकार की पवित्रता चाहिए—तन की पवित्रता, मन की पवित्रता और आत्मा की पवित्रता।

वाचक : उन्हीं दिनों गांधी जी शान्तिनिकेतन गए थे। वहाँ एक महिला ने पूछा :

इन्दिरा देवी : क्या आपको ऐसा नहीं लगता कि यहाँ नृत्य और संगीत जरूरत से ज्यादा है?

गांधी जी : हाँ, मुझे भी शक है कि यहाँ जरूरत से ज्यादा संगीत है। खतरा यह है कि संगीत के इस स्वर में कहीं जीवन का संगीत न डूब जाए। हमारे लड़कों और लड़कियों को चाहिए कि वे यह समझें कि चलना कैसे चाहिए, बैठना कैसे चाहिए, खाना कैसे चाहिए और अन्य सभी कर्म कैसे करने चाहिए। संगींत से मेरा यही अभिप्राय है।

वाचक : उसी यात्रा-क्रम में गांधी जी मिदनापुर जिले की एक सभा में गए और बोलने से पहले उन्होंने श्रोताओं से पूछा :

गांधी जी : क्या आप हिन्दुस्तानी समझते हैं?

कुछ लोग : जी, हाँ।

कुछ लोग : जी, नहीं।

गांधी जी : तो कितने दिनों में आप हिन्दुस्तानी सीख लेंगे?

सब लोग : एक साल में।

गांधी जी : हिन्दुस्तानी का प्रचार कांग्रेस के अठारह कार्यक्रमों में से एक है और सभी कार्यक्रम पूरे होने पर ही स्वराज्य मिलेगा। तो स्वराज्य आप कब तक हासिल करेंगे?

[सब लोग हँस पड़े]

वाचक : भारत में आम चुनाव सन् 1946 ई. में हुआ और उसमें सत्तर प्रतिशत मुस्लिम सदस्य मुस्लिम लीग के आ गए। 'भारत छोड़ो' का नारा गांधी जी ने

दिया था। अब लीग वाले भी कहने लगे कि भारत जरूर छोड़ो, मगर उसे बाँटकर छोड़ो।

वाचिका : यह तो राष्ट्रीयता की पराजय थी!

वाचक : राष्ट्रीयता की पराजय नहीं, देश का दुर्भाग्य। गांधी जी देश की एकता की रट लगा रहे थे। आजाद हिन्द फौज के जो तीन नौजवान लालकिले में कैद थे, उनमें से एक हिन्दू था, एक सिक्ख था और एक मुसलमान था। बम्बई में जल-सेना के जिन नाविकों ने विद्रोह किया था, उनमें भी सभी कौमों के लोग थे। मगर अंग्रेजों की कूटनीति के आगे इन बातों का कोई असर नहीं हुआ और मुस्लिम लीग पाकिस्तान की माँग को दिनोंदिन तेज करती गई।

वाचिका : ऐसी अवस्था में इंग्लैंड की मजदूर सरकार ने क्या किया?

वाचक : मजदूर सरकार ने जनवरी, 1946 ई. में एक संसदीय शिष्टमंडल को भारत भेजा और उस शिष्टमंडल के लौट जाने के बाद एक कैबिनेट मिशन इंग्लैंड से भारत आया। चूँकि भारतीय नेता खुद किसी निर्णय पर नहीं पहुँच रहे थे, अतएव कैबिनेट मिशन ने बीच की राह पकड़ी और एक नई योजना प्रस्तावित की, जिसके अनुसार भारत के प्रान्त तीन ग्रुपों में बँटने वाले थे। इस योजना पर गांधी जी की पहली प्रतिक्रिया अनुकूल हुई।

गांधी जी : इस योजना के भीतर वह बीज है, जो शोक और दर्द से भरे हुए इस देश को शोकविहीन बना सकता है।

वाचक : योजना पर विचार करने को सम्मेलन फिर शिमले में ही बुलाया गया। इसमें कांग्रेस और मुस्लिम

लीग के चार-चार प्रतिनिधि सम्मिलित हुए थे और गांधी जी कांग्रेस कार्यसमिति के सलाहकार के रूप में शिमले में उपस्थित थे। किन्तु यह सम्मेलन भी असफल हो गया और 12 मई, 1946 ई. को उसकी असफलता घोषित कर दी गई। मगर कैबिनेट मिशन का संकल्प दृढ़ था। उसने संविधान परिषद् के निर्माण और अन्तरिम सरकार की रचना के बारे में अपना मंतव्य प्रकाशित कर दिया। उस मंतव्य पर राय देते हुए गांधी जी ने कहा :

गांधी जी : आज जो परिस्थिति है, उसमें ब्रिटिश सरकार इससे अच्छी योजना नहीं बना सकती थी। हाँ, इस योजना में हमारी अपनी कमजोरियों की भी झलक है। कांग्रेस और मुस्लिम लीग के बीच मतैक्य नहीं हो सका। यह मतभेद अंग्रेजों का किया हुआ है, ऐसा अगर हम कहें तो हम गलती करेंगे। अंग्रेज तो अब जल्दी-से-जल्दी अपना साम्राज्य यहाँ से समेट लेना चाहते हैं।

वाचक : इसके बाद घटनाएँ बड़ी तेजी से बढ़ीं। कांग्रेस की कार्यसमिति ने कैबिनेट मिशन की योजना स्वीकार कर ली। पीछे उसे मुस्लिम लीग ने भी स्वीकार कर लिया। किन्तु स्थिति फिर बिगड़ गई और मुस्लिम लीग ने 27 जुलाई को मिशन की योजना का बहिष्कार कर दिया। इतना ही नहीं, लीग ने गुस्से में आकर सीधी कार्रवाई का प्रस्ताव पास कर डाला और 16 अगस्त, 1946 ई. के दिन उसे आरम्भ करने का ऐलान भी कर दिया। इस प्रस्ताव के बारे में जिन्ना ने कहा :

जिन्ना : आज से हम वैधानिक आन्दोलनों से विदा ले रहे हैं। आज हमने एक पिस्तौल तैयार की है और

हम इस हालत में भी हैं कि हम उसे चला सकें।

वाचक : अन्तरिम सरकार की रचना 2 सितम्बर को हुई। उस दिन लीग ने काला दिवस मनाया और गजनफर अली खां ने कहा :

गजनफर अली : हम इस सरकार की मुखालफत खूंरेजी से करेंगे।

वाचक : और जिन्ना साहब ने चेतावनी दी :

जिन्ना : हिन्दुस्तान एक ऐसे गृहयुद्ध के कगार पर है, जो उसे बर्बाद कर देगा।

वाचक : और गृहयुद्ध सचमुच आरम्भ हो चुका था। 16 अगस्त को सीधी कार्रवाई का आरम्भ कलकत्ते में हुआ, जहाँ मुस्लिम लीग की सरकार थी और 16, 17 तथा 18 अगस्त को कलकत्ते में वह मारकाट, खूंरेजी, लूट और बलात्कार हुए, जिनकी मिसाल पहले नहीं देखी गई थी। कलकत्ते से भड़ककर आग सिलहट पहुँची और वहाँ से भी आगे बढ़कर वह नोआखाली में फैल गई। लूटखसोट, मारकाट, खूंरेजी और अग्निकांड नोआखाली में भी जोर से हुआ, मगर जबर्दस्ती धर्म-परिवर्तन और बलात्कार की घटनाएँ वहाँ इतनी हुईं कि चिन्ता सारे देश में छा गई।

वाचिका : इन अत्याचारों का प्रभाव गांधी जी पर क्या पड़ा?

वाचक : गांधी जी को कलकत्ते की मार-काट की खबर तब मिली, जब वे सेवाग्राम थे। आश्रमवासियों से उन्होंने कहा :

गांधी जी : अगर आपने आश्रम-जीवन के आदर्श को समझा होता, तो आज अपना पवित्र बलिदान करने को आप आग में कूद पड़े होते। लगता है, हमसे जो आशाएँ की जा रही हैं, हम उनके योग्य नहीं हैं। बलिदान का असर तभी हो सकता है, जब वह

पवित्र हो, दुर्भावना से मुक्त हो और स्वेच्छा से किया गया हो। जो आग धधक उठी है, उसे केवल पवित्र बलिदान ही बुझा सकता है।

वाचक : उन्होंने और भी कहा :

गांधी जी : यह नहीं कहा जा सकता कि हम लोग गृहयुद्ध में पड़ गए हैं, मगर यह जरूर है कि हम उसके करीब हैं। अंग्रेजों को चाहिए कि वे किसी का भी पक्ष नहीं लें। मगर आसार इसके उल्टे दिखाई देते हैं।

वाचक : देश का वातावरण इतना क्षुब्ध हो उठा कि गांधी जी की अहिंसा कसौटी पर आ गई। एक दिन उन्होंने कहा :

गांधी जी : इज्जत देने के बदले औरतों को अपनी जान दे देनी चाहिए। दाँतों से जीभ को काटकर औरतें मर सकती हैं। आत्महत्या के कुछ और तरीकों का मैं पता लगा रहा हूँ।

वाचक : एक दूसरे दिन उन्होंने कहा :

गांधी जी : अहिंसा व्यक्ति के लिए साध्य, समूह के लिए कठिन है। अतएव जो लोग वीरों की अहिंसा का पालन नहीं कर सकते, उन्हें आत्मरक्षा के लिए शरीर-बल का सहारा लेना चाहिए।

वाचक : 27 अक्टूबर को गांधी जी दिल्ली से सेवाग्राम जाने वाले थे, मगर उसके पहले ही नोआखाली से खबर आ गई। उन्होंने कहा :

गांधी जी : अब तो दिल्ली छोड़कर सेवाग्राम जाना नहीं है। अब या तो बंगाल जाऊँगा या यहीं आग में सीझता रहूँगा।

वाचिका : मगर नोआखाली का क्या हुआ?

वाचक : बंगाल से तीन नेता–श्री सतीशचन्द्र दास गुप्त, उनकी पत्नी श्रीमती हेमप्रभा देवी और सतीश सेन–

गांधी जी से मिलने को दिल्ली आए और उन्होंने गांधी जी से कहा :

सतीशचन्द्र : नोआखाली तो पहले हम लोगों को जाने दीजिए। पीछे जरूरत हुई तो आप भी आइएगा।

गांधी जी : हाँ, आप नोआखाली जाइए। आपको हमारा आशीर्वाद प्राप्त है। और कहीं आप तीनों के तीनों मारे गए, तो विश्वास कीजिए, मेरी आँखों में शोक नहीं, आनन्द के आँसू होंगे।

सतीशचन्द्र : मृत्यु तो निर्मल आनन्द होगी महात्मा जी!

गांधी जी : लेकिन मेरी बातें ठीक से समझ लीजिए। आप इसलिए न जाइए कि मैं आपको जाने को कह रहा हूँ, बल्कि इसलिए जाइए कि आप स्वयं जाना चाहते हैं।

सतीशचन्द्र : इस स्पष्टीकरण की कोई आवश्यकता नहीं है।

वाचक : अपने बंगाल के साथियों को नोआखाली भेजकर गांधी जी खुद भी नोआखाली जाने की तैयारी करने लगे किन्तु इतने में खबर आ गई कि नोआखाली में मुसलमानों ने हिन्दुओं पर जो अत्याचार किया है, उसका बदला बिहार के हिन्दू अपने प्रान्त के मुसलमानों से ले रहे हैं। गांधी जी ने पंडित नेहरू को पत्र लिखते हुए कहा :

गांधी जी : बिहार से जो समाचार आए हैं, उनसे मैं काँप उठा हूँ। मेरा जो कर्तव्य है, उसे मैं भली भाँति जानता हूँ। मैंने उपवास को टालने की कोशिश की है, मगर अब उसे और टालना मुश्किल है। मेरी अंतरात्मा कहती है : 'मूर्खतापूर्ण हत्याओं को देखने के लिए क्या तुम्हें जीवित रहना चाहिए? अगर लोग तुम्हारी बात को सुनने को तैयार नहीं हैं, तो स्पष्ट है कि तुम्हारे दिन गुजर चुके हैं।'

वाचक : किन्तु नोआखाली में नारियों पर जो अत्याचार हो रहा था, उसने गांधी जी को आपाद-मस्तक हिला दिया और वे 6 नवम्बर को नोआखाली के लिए रवाना हो गए। रवाना होने के पहले उन्होंने बिहार के नाम से एक अपील प्रकाशित की।

गांधी जी : मेरे सपने के बिहार ने मुझे धोखा दिया है। कोई मुझसे यह मत कहे कि बिहार में जो कुछ हुआ है, वह बंगाल का परिणाम है। दूसरे बुरे हैं, इससे हमारी बुराई पुण्य नहीं बन जाती। बिहार के हिन्दुओं को चाहिए कि वे मुसलमानों को ढाढ़स बँधाएँ। जो मुसलमान भय से भाग गए हैं, उन्हें मना कर वापस लाएँ, उनकी रक्षा की जिम्मेदारी खुद उठाएँ और सरकार से कह दें कि फौज हटा ले। अगर यह नहीं हुआ तो मैं आमरण उपवास करूँगा।

वाचक : गांधी जी की अपील का बिहार पर बहुत अच्छा असर पड़ा। किन्तु नोआखाली पहुँचकर गांधी जी ने देखा कि लोगों का होश उड़ा हुआ है। जब वे चाँदपुर पहुँचे, बंगाली हिन्दू युवकों का एक दल उनसे मिलने आया। यह वही स्थान था, जहाँ के लोगों ने, बहुत पहले, चटगाँव के शस्त्रागार पर डाका डाला था। इन युवकों के साथ गांधी जी की जो बातचीत हुई, वह काफी महत्त्वपूर्ण थी।

युवक : बापू जी, आप जो यह कहते हैं कि औरतें अपनी जीभ को दाँतों तले दबाकर आत्महत्या कर लें, वह सब यहाँ नहीं चलेगा। आप नहीं जानते कि यहाँ क्या-क्या अत्याचार हुए हैं।

गांधी जी : मैं तुम्हें यह कहने को नहीं आया हूँ कि तुम मेरी वीरता का अनुसरण करो। तुम पारंपरीण वीरता का पालन कर सकते हो। किन्तु यह साफ है कि

चटगाँव के शस्त्रागार पर डाका डालने वालों के बीच मैं तलवारें बाँटने नहीं आया हूँ। खेद का विषय यह है कि उन नौजवानों की संख्या नहीं बढ़ी।

युवक : बढ़ती कैसे? उनकी निन्दा जो हुई थी।

गांधी जी : किसने निन्दा की? यदि तुम्हारा तात्पर्य मुझसे हो तो मैं तो निन्दा करूँगा ही। मगर जनता ने उनकी निन्दा नहीं की थी।

युवक : जनता ने भी निन्दा की थी। मैं खुद उन डाकुओं में से एक हूँ।

गांधी जी : मैं इस पर विश्वास करने से इनकार करता हूँ। अगर तुम शस्त्रागार के डाकू होते तो मुझे कुत्सा और कलंक की कहानियाँ सुनाने को अब तक जीवित नहीं रहते।

युवक : तो जैसे भी हो, हम हथियारों से लड़ सकते हैं न?

गांधी जी : जैसे भी नहीं। हिंसा के भी अपने आचरण-सिद्धान्त हैं। औरतों, बच्चों, बूढ़ों और निहत्थों को मारना वीरता नहीं, कायरता है।

युवक : आप हिन्दुओं को आक्रमणशील होने की आज्ञा दे सकते हैं?

गांधी जी : बिहार के हिन्दुओं ने वही तो किया। नतीजा यह हुआ कि सारा बिहार, सारा भारत बदनाम हो गया और स्वतंत्रता-रूपी घड़ी की सुई पीछे की ओर खिसक गई। अपने हथियारों का उपयोग अच्छी तरह करो, उनका दुरुपयोग मत करो। बिहारियों ने हथियारों का दुरुपयोग किया है।

वाचक : चाँदपुर के बाद गांधी जी ने नोआखाली के गाँवों में पदयात्रा शुरू कर दी। चौमुहानी नामक गाँव के एक हिन्दू नवयुवक ने उनसे पूछा :

युवक : जो हालत अभी तक बीत रही है, उसमें दिलासा और सुरक्षा के लिए हम क्या करें?

गांधी जी : वीरता के साथ मरो। फौज और पुलिस को भूल जांओ। वे बेकार हैं।

युवक : लेकिन हम तो क्रोध से जल रहे हैं।

गांधी जी : तो इस आग को अपने आप की ओर मोड़ दो।

युवक : सहायता के लिए हम पुकारें किसको? कांग्रेस को, लीग को या अंग्रेजी सरकार को?

गांधी जी : नहीं, इनमें से किसी को भी नहीं। अपने आपका आह्वान करो, जिसका अर्थ है कि ईश्वर को पुकारो।

युवक : लेकिन हम तो लहू और मांस के प्राणी हैं। हमें कोई भौतिक अवलम्ब चाहिए।

गांधी जी : तो अपने लहू और मांस को पुकारो। अपने लहू और मांस को गन्दगी से मुक्त करो।

वाचक : एक महिला कार्यकर्ता ने पूछा :

महिला : शरणार्थियों के पुनर्वास के बारे में आप क्या कहते हैं?

गांधी जी : उन्हें न तो असम जाना है, न पश्चिम बंगाल। उनमें साहस होना चाहिए कि वे अपने पहले वाले घरों को लौट आएँ।

महिला : वह कैसे सम्भव होगा?

गांधी जी : तुम उन लोगों के बीच जाकर रहो और उनसे कहो कि तुम्हारा बाल भी बाँका हुआ, तो हम अपनी जान दे देंगे। तभी पूर्वी बंगाल में वीरांगनाएँ पैदा होंगी।

वाचक : गांधी जी ने नोआखाली में गुजरे अत्याचारों की जो निशानियाँ देखीं, उनसे उनका हृदय पिघल गया और वे अर्धोपवास पर रहने लगे। वे उजड़ी, सुनसान गलियों में घूमते थे। उन मुहल्लों में भटकते थे, जहाँ एक भी आदमी जीवित नहीं था। एक दिन वे

इसी प्रकार घूम रहे थे कि एक कुत्ता उनके पास जाकर धीरे-धीरे उछलने और भूँकने लगा। लोगों ने उसे लाख हटाना चाहा, मगर वह गांधी जी के पास से नहीं हटा। तब गांधी जी ने कहा :

गांधी जी : इसे मत दुत्कारो। देखते नहीं, यह कुछ कहना चाहता है?

वाचक : कुत्ते के पीछे चलते-चलते गांधी जी एक घर में पहुँचे जिसमें कई आदमियों के कंकाल पड़े थे। स्पष्ट ही, यह उस कुत्ते के मालिक का घर था और कुत्ता यह घर गांधी जी को दिखाना चाहता था।

वाचिका : जानवर में इतनी बुद्धि थी कि उसने गांधी जी को पहचान लिया, मगर आदमियों में इतनी भी अक्ल नहीं निकली।

वाचक : दर्द और अत्याचार, गम और परेशानी, भय और त्रास के दृश्य देखते-देखते गांधी जी ने एक लोमहर्षक निर्णय कर डाला और वह यह कि अपने सभी साथियों से उन्होंने कह दिया कि हर आदमी एक-एक गाँव लेकर बैठ जाए। मैं अब अकेला ही काम करूँगा।

एकाकी, हाँ, एकाकी हूँ
डँसना चाहे तो व्याल डँसे,
करुणा को जिसने ग्रसा,
बढ़े आगे, मुझको वह काल ग्रसे।

गीत

यदि तोर डाक सुने केउ ना आसे,
तबे एकला चलो रे।
एकला चलो, एकला चलो, एकला चलो रे!

वाचक : नोआखाली की यह यात्रा वीर की यात्रा थी, मसीहा की यात्रा थी, अपनी तपस्या के चरम शिखर पर चढ़े हुए महात्मा की यात्रा थी। यह ऐसी यात्रा थी, मानो आदमी नंगे पाँव साँपों की बांबियों पर घूम रहा हो! मानो एक बूँद ओस चिलचिलाती धूप को चुनौती दे रही हो! श्रीमती मनुबेन गांधी ने अपनी डायरी में लिखा है :

मनुबेन : बापू बड़ी ही कठोर मुद्रा में हैं। उन्होंने मुझे छोड़कर और किसी को भी साथ नहीं रखा है। अब तो उन्होंने चप्पल पहनना भी छोड़ दिया है। वे नंगे पाँव घूम रहे हैं। वे कहते हैं, यहाँ इतने बेकसूर लोगों का खून हुआ है कि यह भूमि बलिदान की भूमि हो गई है। ऐसी पवित्र भूमि पर मैं चप्पल पहनकर कैसे घूम सकता हूँ? और पाँव धोते समय जब मैं उनके तलवों में क्षत देखती हूँ, मेरी छाती फटने लगती है। मगर बापू को मैं कैसे समझा सकती हूँ?

वाचक : मनुबेन ने और भी लिखा है :

मनुबेन : नंगे पाँव चलने से बापू के पाँव के अंगूठे में घाव हो गया। उसमें मैंने पट्टी बाँध दी थी। एक दिन रास्ते में पट्टी कहीं खुलकर गिर गई। कर्नल जीवन सिंह का आदमी उसे खोजने को पीछे की ओर मुड़ा और काफी दूर चलकर पट्टी ले आया। इस पट्टी के मिलते ही बापू प्रसन्नता से खिल उठे और बोले :

गांधी जी : मुझे खुशी हुई। अगर हम प्रमाद के वश होकर इसी तरह चिथड़े खोते चलें, तो अन्त में हिन्दुस्तान की कितनी बड़ी नुकसानी होगी?

वाचक : गांधी जी जब गाँव-गाँव घूमते थे, उन्हें जो भी लोग मिलते, उन्हें वे सलाम करते थे। मगर

मुसलमानों के बीच गांधी जी के लिए सर्वत्र अच्छा भाव नहीं था। वे गांधी जी के सलाम का जवाब नहीं देते थे। मगर लोग उनके मुँह से कुछ सुनना तो चाहते ही थे। गांधी जी लोगों से कहते :

गांधी जी : ईश्वर और अल्ला में भेद नहीं है। आपने यहाँ जो जुल्म किये हैं, उनके लिए आपको पछताना चाहिए। पछताने से हृदय शुद्ध हो जाता है। और असली पश्चात्ताप यह है कि जो हिन्दू आपसे डरकर भाग गए हैं, उन्हें मनाकर फिर वापस लाइए और उनसे कहिए कि वे निर्भय होकर आपके बीच बसें।

वाचक : गांधी जी सचमुच कठोर मुद्रा में थे। एक दिन वे बीमार हो गए और बालिका मनु घबरा गई। उसने प्रो. निर्मल कुमार बोस की मार्फत डॉक्टर सुशील नायर को बुलाना चाहा। मगर बात गांधी जी को मालूम हो गई। उन्होंने मनुबेन से कहा :

गांधी जी : तुमने निर्मल बाबू को क्यों बुलाया? तुम सुशीला को क्यों बुला रही हो? तुम्हारा फर्ज था कि तुम राम-राम जपतीं, जैसे मैं राम का नाम लेता रहा हूँ। मेरे सच्चे और अचूक वैद्य केवल भगवान हैं। जब तक उन्हें मुझसे काम लेना है, वे मुझे अवश्य जीने देंगे। उसके बाद वे मुझे वापस बुला लेंगे, मगर पहले नहीं।

वाचक : एक बार जवाहरलाल जी बापू से मिलने को दिल्ली से नोआखाली गए। बापू जब यात्रा पर निकले, जवाहरलाल जी ने देखा कि बापू को देखने के लिए लोगों की भीड़ उमड़ रही है। जवाहरलाल जी ने मजाक किया :

जवाहरलाल : बापू, यही आपकी अकेली यात्रा है?

गांधी जी : तुम एक बात भूल जाते हो। आखिर मैं महात्मा भी तो हूँ।

वाचक : किन्तु ऐसे विनोद के क्षण ज्यादा नहीं थे। गांधी जी के कुछ कार्यकर्ता मार डाले गए थे और यह खतरा हमेशा बना था कि और लोग भी मारे जा सकते हैं। गांधी जी ने अपने साथियों से एक दिन कहा :

गांधी जी : जिन्हें मुसलमानों के प्रति कुभाव हो, जिसके हृदय में इस्लाम के प्रति आदर का भाव नहीं हो, जो अपने गुस्से को रोकने में असमर्थ हों, उन्हें हमारा साथ छोड़ देना चाहिए। इस योजना में काम करके वे मेरा गलत प्रतिनिधित्व करेंगे।

वाचक : यह गांधी-धर्म था। किन्तु गांधी जी जिस खतरे में खड़े थे, उसका भी उन्हें ज्ञान था। एक मित्र को पत्र लिखते हुए उन्होंने लिखा :

गांधी जी : जिस काम में मैं यहाँ लगा हूँ, हो सकता है कि वह मेरे जीवन का आखिरी काम हो। अगर मैं यहाँ से जीवित और चोट खाए बिना लौटा, तो मेरा पुनर्जन्म होगा। मेरी अहिंसा की जैसी जाँच यहाँ हो रही है, वैसी जाँच और कभी नहीं हुई थी।

वाचक : डॉक्टर राजेन्द्र प्रसाद जी के यह लिखने पर कि बिहारियों को होश आ गया है, अब आप अपना अर्धोपवास का व्रत त्याग दें, गांधी जी ने अपनी खुराक में वृद्धि कर दी। किन्तु नोआखाली का अन्धकार उनका पीछा करता रहा। एक पत्र में उन्होंने लिखा :

गांधी जी : मेरा वर्तमान मिशन मेरे जीवन का सबसे जटिल और कठोर मिशन है। अब मैं शत-प्रतिशत सचाई के साथ परमात्मा से कह सकता हूँ कि रात अँधेरी है और मैं घर से दूर हूँ, मुझे रास्ता दिखाओ। ऐसे अन्धकार का अनुभव मैंने पहले कभी नहीं किया

था और यह अँधेरी रात लम्बी भी मालूम होती है। ऐसे में दिलासे की केवल एक ही बात है कि मुझमें निराशा और घबराहट नहीं है। मैं हर हालत के लिए तैयार हूँ। या तो हिन्दू और मुसलमान मिलकर रहेंगे अथवा मैं अपनी जान दे दूँगा। भगवान की इच्छा पूरी हो।

वाचक : इस विषम परिस्थिति में गांधी जी की सारी शक्ति उनकी प्रार्थना से आती थी। एक दिन एक आदमी ने उनसे पूछा :

एक आदमी : क्या अपना काम करने के लिए ईश्वर से प्रार्थना की जरूरत होती है?

गांधी जी : ईश्वर को जरूरत नहीं होती, मनुष्य को होती है। प्रार्थना अपने हृदय को सत्य से भरने की आकुल इच्छा है। प्रार्थना अपने अन्तर का अनुसन्धान है। यह अपने-आपको पवित्र करने का प्रयास है। यदि सत्य के समुद्र की छाती पर तुम्हें तैरना है, तो तुम्हें शून्य के समान हल्का होना पड़ेगा।

वाचक : भाग्य और पुरुषार्थ के सम्बन्ध पर बोलते हुए एक दिन उन्होंने कहा :

गांधी जी : हमारी स्वतंत्रता उस व्यक्ति के समान है जो जहाज की भीड़ में खड़ा है। फिर भी काम करने की आजादी हमें है। मगर हमारे कामों के परिणाम क्या होंगे, यह हमारे बस में नहीं है।

वाचक : एक दिन मनुबेन को समझाते हुए गांधी जी ने कहा :

गांधी जी : मेरा दावा सही है या गलत, इसे मेरी मृत्यु साबित करेगी। जब तक आदमी मरता नहीं, उसके बारे में सही राय बनाना कठिन है। अगर मैं बीमार होकर खाट पर मरा, तो मुझे तुम धरती का दूसरा

रावण समझना। लेकिन अगर मैं राम नाम लेकर गिरा तो समझना कि यह आदमी ब्रह्मचारी और महात्मा था।

वाचक : नंगे पाँव यात्रा, 77 साल की उम्र और भोजन की मात्रा बहुत थोड़ी—इन कारणों से गांधी जी को क्लान्ति बहुत सताने लगी। एक दिन लावण्यलता बहन ने निवेदन किया :

लावण्यलता : बापू जी, आपको कोई पुष्टई या टॉनिक लेनी चाहिए।

गांधी जी : मेरे लिए तो एक ही टॉनिक हो सकती है और वह है राम-नाम। मैं कब तक बचूँगा, यह अलग बात है। मगर इस शक्तिशाली मंत्र के रहते हुए या तो मैं बीमार नहीं पड़ूँगा या पड़ा तो चौबीस घंटों में अच्छा हो जाऊँगा। राम-नाम में आध्यात्मिक शक्ति है और वह मेरी आत्मा में भरी हुई है।

वाचक : गांधी जी की नोआखाली यात्रा मुस्लिम लीग की आँखों का काँटा बन गई थी। अतएव बिहार के दंगों की चर्चा चलाकर मुसलमान गांधी जी पर यह जोर डालने लगे कि वे नोआखाली छोड़कर बिहार चले जाएँ। खुद बंगाल के प्रधानमंत्री शहीद सुहरावर्दी गांधी जी से घबराए हुए थे। गांधी जी ने एक दिन उनसे पूछा था :

गांधी जी : यह क्या बात है शहीद साहब, कि लोग आपको गुंडा कहते हैं?

शहीद : गांधी जी, ऐसी बातों पर जाना बेकार है। आपको क्या पता कि पीठे-पीछे लोग आपको क्या कहते हैं!

गांधी जी : सो तो ठीक है, लेकिन कुछ लोग मुझे महात्मा भी समझते हैं, मगर आपको महात्मा कोई नहीं समझता।

वाचक : गांधी जी की सशरीर उपस्थिति की आवश्यकता कहीं थी, तो नोआखाली में थी, मगर बिहार में

भी कम उपद्रव नहीं हुए थे। अतएव जब बिहार के मुसलमानों ने यह गुहार मचाई कि गांधी जी को बिहार आना चाहिए, तब गांधी जी इस पुकार को अनसुनी नहीं कर सके। और 5 मार्च, 1947 ई. को वे बिहार पहुँच गए। पटने में पूछे जाने पर राजेन्द्र बाबू ने गांधी जी से कहा :

राजेन्द्र बाबू : मार-काट तो बन्द है, मगर बिहार के हिन्दुओं में पश्चात्ताप की भावना अभी भी ठीक से नहीं जगी है।

गांधी जी : लोगों को उसी पाप से बचाने को तो मैं यहाँ आया हूँ।

राजेन्द्र बाबू : आप आज्ञा दें कि हमें क्या करना चाहिए। हमें विश्वास है कि हम कामयाब होंगे।

गांधी जी : चम्पारण की याद कीजिए। वहाँ तो कोई किसी को आज्ञा नहीं देता था। हर आदमी अपने-आप काम करता था। इसी का चमत्कार वहाँ दिखाई पड़ा था। वही बात अब भी होनी चाहिए और तब हम मुस्लिम लीग का हृदय भी जीत लेंगे।

वाचक : प्रार्थना-सभा में बोलते हुए उस दिन गांधी जी ने कहा :

गांधी जी : बिहार को मैं बराबर प्यार से 'अपना बिहार' कहता रहा हूँ। मैंने सोचा था, मुझे सशरीर बिहार जाने की आवश्यकता नहीं होगी। मगर फटे हुए दूध पर बहस करना बेकार है। आपने भारी नुकसानी की है। उसे पूरा करना आपका ही काम है। आपने जैसा भयानक पाप किया है, आपका पश्चात्ताप भी वैसा ही महान होना चाहिए। जो जितना बड़ा पापी है, उसे उतना ही महान सन्त बनना चाहिए। जब मैं सुनता हूँ, बिहार के हिन्दुओं ने बंगाल के अन्याय को रोक दिया, तब मेरा माथा शर्म से झुक जाता है।

वाचक : जो बात गांधी जी ने नोआखाली के हिन्दुओं को कही थी, वही बात उन्होंने बिहार के मुसलमानों से कही :

गांधी जी : आप भगवान की करुणा में विश्वास करें और आदमी से डरना छोड़ दें। जो लोग अपने घरों को छोड़कर भाग गए हैं, हिन्दुओं का धर्म है कि वे उन्हें मनाकर वापस लाएँ और उनकी पूरी हिफाजत का जिम्मा आप उठाएँ। मुसलमानों के दिलों में खौफ समा गया है। हर हिन्दू का कर्तव्य है कि वह इस खौफ को निकाले। होली का त्योहार सामने है। मुझे उम्मीद है कि इस त्योहार को हिन्दू और मुसलमान मिलकर मनाएँगे।

वाचक : बिहार ने पाप तो बहुत किया था, मगर उसके भीतर पश्चात्ताप भी उसी जोर का जगा। गांधी जी मुस्लिम रिलीफ फंड के लिए भिक्षा माँग रहे थे। एक दिन एक अंधे भिखारी ने चार आने पैसे देकर उनके पाँव पकड़ लिये। गांधी जी गद्गद हो उठे और बोले :

गांधी जी : यह चार आने का दान मेरे जानते चार करोड़ रुपयों का दान है, क्योंकि इस गरीब ने अपनी सारी पूँजी दान में दे दी है।

वाचक : एक दिन गांधी जी जब सिपारा गाँव होकर चले जा रहे थे, गाँव वालों ने उनकी मोटर रोक ली, उन्हें रुपयों की एक थैली भेंट की और एक पत्र उनके हाथ में रख दिया, जिसमें लिखा था :

मुखिया : बापू जी, आप हमारे पापों के लिए क्षमा करें। मुस्लिम भाइयों के जान-माल की जो नुकसानी हुई है, उसके लिए हमें शर्म है। यह छोटी-सी थैली हमारे पश्चात्ताप का प्रतीक है। आप हमें क्षमा करें। अब ऐसी वारदात यहाँ नहीं होगी।

वाचक : बिहार में जो सुधार हो रहा था, उसे गांधी जी समझते थे। एक प्रार्थना-सभा में उन्होंने कहा :

गांधी जी : जो लोग यह समझते हों कि मौजूदा हालत में हिंसा ही काम आ सकती है, उन्हें अपनी बात खुलकर बोलनी चहिए। मैं उससे दुःख नहीं मानूँगा लेकिन अहिंसा की असफलता देखने को मैं जिन्दा रहना नहीं चाहूँगा। अपने आदर्श की खोज करता हुआ मैं यहाँ मरता हूँ या वहाँ, इससे कोई फर्क नहीं पड़ता है। सारा हिन्दुस्तान मेरे लिए एक है। बिहार अगर सचमुच कोई उदाहरण पेश करता है, तो उससे सारे देश का भला होगा।

वाचक : सेन नामक गाँव में भी गांधी जी को एक पत्र के साथ थैली भेंट की गई। पत्र में लिखा था :

मुखिया : जो कुछ हुआ है, उसके लिए हम लज्जित और दुखी हैं। मगर दंगे के दिनों में हमारे गाँव में हिन्दू-मुस्लिम दंगा नहीं हुआ। हम दोनों धर्मों के लोग पहले भी भाई-भाई बनकर जीते थे और आज भी भाई-भाई के समान रह रहे हैं।

वाचक : और भंडारी गाँव में भी थैली भेंट की गई और गाँव वालों ने पत्र लिखकर कहा :

मुखिया : जो कुछ हुआ है, उस पर हम लोग शर्मिन्दा हैं। हम आपके पाँव की शपथ खाकर कहते हैं कि अब इस इलाके में हिन्दू-मुस्लिम कलह नहीं होगा। अपने पापों के लिए हम आपसे और ईश्वर से क्षमा माँगते हैं।

वाचक : बिहार की कई प्रार्थना-सभाओं में गांधी जी ने कहा :

गांधी जी : अंग्रेजों से लड़ना आसान है, मगर अपनी कमजोरियों से लड़ना मुश्किल काम है। शान्ति की कुंजी बिहार के हिन्दुओं के हाथ है। उन्हें चाहिए कि अपनी

जान गँवाकर भी वे मुसलमानों की रक्षा करें और पुलिस से कहें कि वह पहरे पर से हट जाए। अपने-अपने इलाकों में शान्ति रखने की जिम्मेदारी कांग्रेस-जनों को लेनी चाहिए। उन्हें चाहिए कि शान्ति-रक्षा के प्रयास में वे अपनी जान दे दें।

वाचक : दंगे के दिनों में ऐसी अनेक शुभ घटनाएँ हुई थीं, जब हिन्दुओं ने मुसलमानों की रक्षा के लिए अपनी जान की बाजी लगा दी थी। ऐसे सभी लोगों को बधाई देते हुए गांधी जी ने एक दिन कहा :

गांधी जी : गुस्से से पागल भीड़ों के वार से मुसलमानों को बचाने के लिए जिन मर्दों और औरतों ने अपनी जान की बाजी लगा दी, उन्हें मैं बधाई देता हूँ। मुझे खुशी है कि जो लोग फरार थे, वे अब आत्म-समर्पण कर रहे हैं। जो लोग अभी भी छिपकर फरार का जीवन बिता रहे हैं, उन्हें चाहिए कि वे अधिकारियों के सामने आत्म-समर्पण कर दें।

वाचक : 22 मार्च को पटने की प्रार्थना-सभा में बोलते हुए उन्होंने कहा :

गांधी जी : हिंसा की घटनाएँ तो यहाँ ऐसी भयानक हुई हैं कि उन्हें देखते हुए मानवता से निराश हो जाना पड़ता है, लेकिन मैंने एक नये युग के उदय होने के भी लक्षण देखे हैं। गाँव के लोग केवल पश्चात्ताप ही नहीं कर रहे हैं, वे ऐसा कोई भी काम करने को तैयार हैं जो प्रायश्चित्त के लिए मैं उन्हें बता सकूँ।

वाचक : गांधी जी की बिहार-यात्रा बड़ी ही कामयाबी के साथ चल रही थी कि खबर आने लगी, नोआखाली में आग फिर भड़कने वाली है और आग पंजाब में भी फूट पड़ी है। इन दो जगहों में से पहले वे किधर जाएँ, यह बात तय भी नहीं हो पाई थी कि

30 मार्च को वायसराय के निमंत्रण पर वे दिल्ली चले गए। वहाँ 1 अप्रैल को एशियाई देशों के महासम्मेलन में बोलते हुए उन्होंने कहा :

गांधी जी : अगर यह दुनिया एक होने वाली नहीं है, तो स्वेच्छा से मैं एक दिन भी इसमें जीना नहीं चाहता; बल्कि मेरी तो कामना है कि मेरे जीवनकाल में ही यह दुनिया एक हो जाए। आप लोग जो कई देशों से यहाँ आए हुए हैं, आपका कर्तव्य है कि दुनिया को एक बनाने के लिए भरपूर कोशिश करें। खुशी की बात है कि एशिया के लगभग सभी देशों के प्रतिनिधि यहाँ आए हुए हैं। तो क्या आप इसलिए एकत्र हुए हैं कि आपस में मिलकर आप यूरोप, अमेरिका या दूसरे गैर-एशियाई देशों के खिलाफ युद्ध करें? ऐसे विचार का मैं जोर से विरोध करूँगा। यह हिन्दुस्तान का मिशन नहीं है। अगर अहिंसा के मार्ग से स्वाधीन होकर हिन्दुस्तान किसी भी देश को दलित करना चाहेगा, तो मुझे घोर क्लेश होगा।

वाचक : पैगम्बर की जो हालत होती है, वही हाल गांधी जी का भी हुआ। मुस्लिम लीग के लोग गांधी जी को केवल हिन्दू समझते थे और हिन्दुओं का एक दल समझता था कि मुसलमानों के साथ सलूक करने में गांधी जी हिन्दू हितों का बलिदान कर रहे हैं। 29 जून, 1945 ई. को गांधी जी ट्रेन से पूना जा रहे थे कि रास्ते में उनकी ट्रेन उलटने की साजिश की गई। पूना पहुँचकर 30 जून की प्रार्थना-सभा में गांधी जी ने कहा :

गांधी जी : यह शायद सातवीं बार है जब दयालु भगवान ने मुझे मृत्यु के जबड़े में जाने से बचा लिया है। मैंने किसी भी मनुष्य को हानि नहीं पहुँचाई है, न

किसी को मैं अपना शत्रु समझता हूँ। तब कोई आदमी मेरी जान क्यों लेना चाहता है, यह बात मेरी समझ में नहीं आती। लेकिन आदमी का जन्म ही खतरों के बीच जीने के लिए होता है, अतएव यह दुर्घटना भी मेरी इस इच्छा को सबल बनाती है कि 125 वर्ष तक जीवित रहूँगा।

वाचक : किन्तु, अप्रैल, 1944 तक पंजाब के बहुत-से हिन्दू और सिक्ख बेघरबार होकर दिल्ली चले आए थे और वे निराशा, क्रोध और बदले की भावना से जल रहे थे। गांधी जी की प्रार्थना में कुरान की आयतें भी शामिल थीं। 1 अप्रैल को जब गांधी जी दिल्ली में प्रार्थना करने लगे, एक नौजवान खड़ा होकर चिल्ला उठा :

नौजवान : बस, बस। बन्द कीजिए। बहुत हो गया। अब हम यह नहीं बोलने देंगे। बहुत सुन लिया।

वाचक : नौजवान आगे बढ़कर गांधी जी की ओर चला और चीख-चीखकर कहता रहा :

नौजवान : आप यहाँ से चले जाइए। यह हिन्दू मन्दिर है। यहाँ मुसलमानों की प्रार्थना हम नहीं होने देंगे। आपने बहुत बार यह कह लिया, पर हमारी माँ-बहनों की हत्या-पर-हत्या हो रही है। अब हम यह सहन नहीं कर सकते।

वाचक : लोग उस नौजवान को रोकने लगे मगर गांधी जी ने कहा :

गांधी जी : मेरे और इसके बीच कोई न आवे।

वाचक : लेकिन लोगों ने उस नौजवान को प्रार्थना-सभा से बाहर कर दिया। इस पर गांधी जी ने कहा :

गांधी जी : यह आपने ठीक नहीं किया। उस लड़के को आपने जबर्दस्ती निकाल दिया। ऐसा नहीं करना

चाहिए था। वह गुस्से में था, प्रार्थना नहीं सुनना चाहता था। मैं किसी का विरोध करके प्रार्थना नहीं करना चाहता। अब आगे की प्रार्थना मैं छोड़ देना चाहता हूँ।

वाचक : पंजाब के बँटवारे का प्रस्ताव कांग्रेस ने गांधी जी की पीठ-पीछे किया था। यह दर्द गांधी जी के कलेजे में कसक रहा था। उन्होंने कहा :

गांधी जी : पंजाब भी दीवाना हो गया। नोआखाली में भी ऐसे ही दीवानेपन से लोगों ने ज्यादतियाँ कीं, पर बिहार में नोआखाली से ज्यादा जंगलीपन हुआ और पंजाब में बिहार से भी ज्यादा।

वाचक : वायसराय के साथ जो गांधी जी की वार्ता चल रही थी, उसका उल्लेख करते हुए उन्होंने कहा :

गांधी जी : मेरे कहने के मुताबिक तो कुछ होगा नहीं। होगा वही, जो कांग्रेस करेगी। मेरी चलती कहाँ है? मेरी चलती होती, तो पंजाब न हुआ होता, न बिहार होता, न नोआखाली। आज कोई मेरी बात मानता नहीं। मैं बहुत छोटा आदमी हूँ। हाँ, एक दिन मैं हिन्दुस्तान में बड़ा आदमी था। तब सब मेरी बात मानते थे। आज न तो कांग्रेस मेरी मानती है, न हिन्दू, न मुसलमान। कांग्रेस आज है कहाँ? वह तो तितर-बितर हो गई है। मेरा तो अरण्य-रोदन चल रहा है। आप सब मुझे छोड़ सकते हैं, पर ईश्वर मुझे नहीं छोड़ेगा।

वाचक : शोरगुल 2 अप्रैल की भी प्रार्थना-सभा में हुआ।

दो युवक : यह मन्दिर पब्लिक का है। हम आपको हरगिज यहाँ प्रार्थना करने नहीं देंगे।

सभी लोग : हम प्रार्थना सुनेंगे। हमें प्रार्थना चाहिए।

वाचक : कई लोग उन युवकों को हटाने लगे।

युवक : हम आपको प्रार्थना नहीं करने देंगे।

गांधी जी : सब लोग शान्ति से बैठे रहें। मैं जा रहा हूँ। इन भाइयों को कोई न छेड़े। ये भले ही अपनी विजय मान लें, पर यह क्या विजय है? मैं इतना ही कहूँगा कि यह हिन्दू धर्म का कत्ल हो रहा है।

वाचक : एक अन्य दिन कुरान की आयतों का विरोध करने वालों से गांधी जी ने कहा :

गांधी जी : मैं अच्छा पारसी हूँ, अच्छा मुसलमान हूँ, तभी अच्छा हिन्दू भी हूँ। मैंने बता दिया कि मैं भंगी हूँ, ईसाई हूँ, मुसलमान हूँ और हिन्दू तो हूँ ही। मैं हिन्दू हूँ तो मुसलमान भी हूँ और सिक्ख तो करीब-करीब हिन्दू ही हैं।

वाचक : दो-एक दिन विरोध का आदर करते हुए गांधी जी ने प्रार्थना रोक दी। मगर फिर एक दिन उन्होंने कहा :

गांधी जी : एक बार प्रार्थना शुरू कर देने के बाद अगर चार ही आदमी मुझसे कहते कि प्रार्थना मत करो, तो मैं उनसे कहता, आप मेरा गला काट सकते हैं, मैं राम-रहीम, कृष्ण-करीम कहता रहूँगा और दिल में रोष न लाकर सोचूँगा, भगवान इन्हें सन्मति दे।

वाचक : प्रार्थना-सभा में थोड़ी-बहुत गड़बड़ी रोज ही होती थी। एक दिन प्रवचन के क्रम में गांधी जी ने कहा :

गांधी जी : मैं तो हर मजहब के पैगम्बरों और सन्तों में विश्वास रखने वाला हूँ। मैं ईश्वर से प्रार्थना करूँगा कि मुझ पर इलजाम लगाने वालों पर मुझे गुस्सा न आए। इतना ही नहीं, मैं उनके हाथों मरने को भी तैयार रहूँ। अगर मैं अपने यकीन पर मजबूती से कायम रहा, तो मैं सिर्फ हिन्दू धर्म की ही नहीं, इस्लाम की भी सेवा करूँगा।

वाचक : सारी दिल्ली, सारा पंजाब हिंसा और बदले की भावना से खौल रहा था। मगर गांधी जी के मुख से अमृत की ही बूँदें झरती थीं।

गांधी जी : मैंने यह कभी नहीं कहा कि आप लोग खतरे की सीटी सुनते ही भाग निकलें। हमें मरना है और मारकर नहीं मरना है। अहिंसा हिन्दू-धर्म का असली सार है, मुसलमान-धर्म का सार भी अहिंसा है और ईसाई-धर्म भी अहिंसा सिखाता है।

वाचक : 13 अप्रैल से 30 अप्रैल तक गांधी जी बिहार में रहे। इसी बीच वायसराय के उद्योग से गांधी जी और जिन्ना साहब के संयुक्त हस्ताक्षर से एक अपील निकली :

गांधी और जिन्ना संयुक्त : राजनीतिक ध्येयों की प्राप्ति के लिए हम हिंसक साधन अपनाने की नीति की निन्दा करते हैं और हमेशा के लिए उसे त्याज्य समझते हैं। भारत के सभी सम्प्रदायों, सभी धर्मों के लोगों से हमारी अपील है कि वे हिंसा और बदअमनी का कोई काम न करें, न कोई ऐसी बात बोलें या लिखें, जिससे हिंसा के कामों को उत्तेजना मिलती हो।

वाचक : 1 मई को गांधी जी फिर दिल्ली पहुँच गए और 6 मई को उन्होंने जिन्ना साहब से मुलाकात की, मगर देश के विभाजन के प्रश्न पर दोनों नेताओं के बीच सहमति नहीं हो सकी। 7 मई की प्रार्थना-सभा में गांधी जी ने कहा :

गांधी जी : मैं पाकिस्तान बनाने में हाथ नहीं बँटा सकता। जिन्ना साहब जो करना चाहते हैं, उसको पूरी तौर से खतरनाक चीज समझते हुए, यह कैसे हो सकता है कि मैं उन्हें पाकिस्तान की स्वीकृति के दस्तखत दे दूँ? यह बात मैंने धीरज के साथ

उनको सुना दी। हम आपस में लड़े नहीं। माधुर्य से ही हमने बातें कीं।

वाचक : किन्तु इस अपील का कोई असर नहीं हुआ। ज्यों-ज्यों 15 अगस्त नजदीक आने लगा, त्यों-त्यों सिन्ध सीमा-प्रान्त और पंजाब में उपद्रव बढ़ने लगे, और गांधी जी शान्ति की रट लगाकर लोगों को समझाते रहे :

गांधी जी : सिन्ध के हिन्दुओं को डरने का कारण क्या है? वहाँ से मेरे पास खत आया है कि हिन्दू डर रहे हैं। क्यों डरें? वे राम-नाम क्यों नहीं लेते?

वाचक : फिर एक दूसरे दिन उन्होंने कहा :

गांधी जी : आजकल एक अफवाह चली है कि गांधी बिहार में रहकर हिन्दुओं को कटवा रहा है। पर मैं बुलन्द आवाज में कहता हूँ कि सब-के-सब मुसलमान पागल बन जाएँ, तब भी हिन्दू पागल न बनें।

वाचक : बंगाल का बँटवारा हो गया, इस अंदेशे से कलकत्ते में फिर हवा बिगड़ने लगी और नोआखाली के हिन्दू भय से काँपने लगे। अतएव 8 मई को गांधी जी को कलकत्ता जाना पड़ा। 15 मई को वे पटना गए और 24 मई को वे दिल्ली चले आए। यह आशा किसी को नहीं रह गई थी कि देश अखंड रहेगा। फिर भी गांधी जी ने हार नहीं मानी थी :

गांधी जी : इसी तरह अगर मुसलमान भी तलवार उठाकर आते हैं और पाकिस्तान माँगते हैं, तो मैं कहूँगा, तलवार के जोर से पाकिस्तान नहीं ले सकते। पहले मेरे टुकड़े कीजिए और बाद में हिन्दुस्तान के। यदि सब इस प्रकार करेंगे, तो भगवान उनकी तलवार के टुकड़े कर डालेगा।

वाचक : चार सौ साल पहले कबीरदास जी ने कहा था : 'अरे इन दोउन राह न पाई।' अब महात्मा गांधी कह रहे थे :

गांधी जी : यह मैं मानने को तैयार हूँ कि मुसलमान ज्यादा बर्बादी कर रहे हैं। पर जब दोनों बुराई करते हैं, तब किसने ज्यादा बुराई की और किसने कम, यह जानना बेकार है। दोनों गलती पर हैं।

वाचक : किसी ने गांधी जी से पूछा :

एक आदमी : कहाँ तो आप पाकिस्तान के कट्टर विरोधी थे और कहाँ अब चुप लगा रहे हैं?

गांधी जी : मैं कबूल करता हूँ कि मुझे भी यह निर्णय अच्छा नहीं लगा है। लेकिन दुनिया में कई चीजें ऐसी होती हैं, जो अपने मन की नहीं होतीं, फिर भी हम उन्हें सहन करते हैं। इसी तरह इसे भी हमें सहन करना है।

वाचक : जुलाई आते-आते गांधी जी का मोह भंग हो गया। किसी ने उनसे लिखकर पूछा :

एक आदमी : जो कुछ हुआ और हो रहा है, उसमें से क्या रामराज्य पैदा होने वाला है?

गांधी जी : मैं ऐसा नहीं कह सकता कि इसमें से रामराज्य पैदा होगा। अंग्रेजों ने हमारे देश के दो टुकड़े बनाये और पीछे उसके दो डोमिनियन स्टेट्स भी बन जाते हैं। दोनों एक-दूसरे के दुश्मन बन गए, ऐसा मानकर जब वे चलते हैं, तो उसमें से रामराज्य या खुदाई-राज्य कैसे पैदा हो सकता है?

वाचक : 29 जुलाई की प्रार्थना-सभा में गांधी जी ने कहा :

गांधी जी : मैं जो कहता हूँ कि 15 अगस्त को फाका करो और प्रार्थना करो, वह क्या है? मैं दुःख तो नहीं मनाना चाहता, लेकिन दुःख की बात है कि हमारे

पास खुराक नहीं है, कपड़ा नहीं है। आज एक आदमी बिगड़ जाता है और दूसरे आदमी को मार डालता है। तो हम मौज करें और मिठाई खाएँ, ऐसा उत्सव ऐसे अवसर पर कैसे मनाया जा सकता है?

वाचक : गांधी जी 15 अगस्त का दिन नोआखाली में मनाना चाहते थे। अतएव वे नोआखाली के लिए रवाना हो गए। पटना होकर 8 अगस्त को वे कलकत्ता पहुँचे। वहाँ सोदपुर आश्रम में भी उन्होंने कहा :

गांधी जी : 15 अगस्त को उपवास रखो, प्रार्थना करो और चरखे चलाओ। इसके सिवा उत्सव मानने का और कौन उपाय है? सब दिल जल रहे हैं, लोग भूखे मर रहे हैं, नंगे मर रहे हैं।

वाचक : किन्तु नोआखाली जाना बदा नहीं था। 15 अगस्त के करीब आते ही कलकत्ते के हिन्दू गुस्से से भर उठे। वे 1946 के 16 अगस्त का बदला अब लेना चाहते थे। बहुत-से हिन्दू और मुसलमान गांधी जी के पास आए और उन्हें राजी करने लगे कि अभी आप नोआखाली न जाकर कलकत्ते की आग पर पानी डालिए। उस दिन प्रार्थना-सभा में गांधी जी ने कहा :

गांधी जी : अगर कलकत्ते की आग मेरे बुझाए बुझ सकती हो, तो मैं अपने प्राणों की भी आहुति देने को तैयार हूँ।

वाचक : 1946 में भय हिन्दुओं के भीतर समाया हुआ था। इस बार मुसलमान डरे हुए थे। प्रधानमंत्री शहीद सुहरावर्दी कुछ मुसलमानों के साथ आए और गांधी जी से अनुरोध करने लगे कि वे कलकत्ते में ठहर जाएँ। गांधी जी ने कहा :

गांधी जी : ठहरना तो है ही। मगर जिस घर में मैं रहूँगा, उसी में आपको भी रहना होगा और हम लोग ऐसे इलाके में ठहरेंगे, जो सबसे ज्यादा खराब है।

वाचक : सबसे खराब मुहल्ला बेलियाघट्टा था, जहाँ से मुसलमानों को निकाल दिया गया था। गांधी जी और सुहरावर्दी उसी मोहल्ले के एक मुसलमान के मकान में जा ठहरे।

वाचिका : और हिन्दुओं ने कुछ नहीं कहा?

वाचक : 13 अगस्त को उस घर के सामने हिन्दुओं ने प्रदर्शन किया, गांधी जी को काले झंडे दिखाए और सुहरावर्दी को काफी बुरा-भला कहा। किन्तु 14 अगस्त को समां ही कुछ और हो गया, जिसका विवरण श्री निर्मल कुमार बोस ने लिखा है :

निर्मल बाबू : कलकत्ता लगभग हिन्दू और मुस्लिम इलाकों में बँट गया था। मगर 14 अगस्त को समां ही कुछ और था। सड़कों पर हिन्दू और मुसलमान गले-गले मिल रहे थे और मुसलमान अपने हिन्दू दोस्तों को मस्जिदों में भी ले जा रहे थे।

वाचक : 15 अगस्त को स्वतंत्रता-दिवस के उपलक्ष्य में गांधी जी ने एक दिन का उपवास रखा और बंगाल के नये गवर्नर श्री राजगोपालाचारी उनसे मिलने आए और भारत के गवर्नर जनरल लॉर्ड माउंटबेटन ने गांधी जी को सन्देश भेजा :

माउंटबेटन : पंजाब में हमने 55 हजार फौज भेज रखी है, मगर दंगा वहाँ बड़े पैमाने पर हो रहा है। बंगाल में हमारी सरहदी फौज केवल एक सिपाही की है, मगर वहाँ शान्ति है।

वाचक : किन्तु यह शान्ति अल्पायु निकली। 1 सितम्बर को गांधी जी नोआखाली जाने की तैयारी में थे

कि 31 अगस्त की रात में ही हिन्दुओं ने उनके घर पर धावा बोल दिया और लोगों ने घर के भीतर घुसकर चीजों को तहस-नहस कर डाला। निर्मल बाबू ने लिखा है :

निर्बल बाबू : एक सितम्बर को सेंट्रल कलकत्ते में भयानक दंगा शुरू हो गया और मुसलमानों को जान के लाले पड़ गए। स्थिति इतनी भयानक हो उठी कि उसे सँभालना पुलिस के लिए असम्भव हो गया। निदान वही हुआ, जिसकी आशंका की जा सकती थी। महात्मा गांधी ने अपना आमरण उपवास घोषित कर दिया।

वाचक : उपवास की घोषणा में गांधी जी ने कहा :

गांधी जी : पंजाब में आग लगी हुई है। मुझे कहा जा रहा है कि मैं पंजाब जाऊँ। मगर आग तो यहाँ कलकत्ते में भी भड़क उठी है। अगर मेरे उपवास से कलकत्ते की आग बुझती है, तो उसका असर पंजाब पर भी पड़ेगा। अब यह कलकत्ता वालों के हाथ में है कि वे मुझे पंजाब जाने देते हैं या नहीं।

वाचक : चिन्ता सारे कलकत्ते में छा गई। गांधी जी से उनके एक व्यापारी भक्त ने पूछा :

व्यापारी : हमें क्या आज्ञा है?

गांधी जी : जाओ और अपनी जान दे दो। जिस इलाके में तुम रोजगार करते हो, उसमें शान्ति कायम करो। शान्ति कायम न हो सके, तो जिन्दा लौटकर मेरे पास मत आना।

वाचक : गांधी जी ने सरदार पटेल को पत्र लिखते हुए लिखा :

गांधी जी : राजाजी मुझे समझाने आए थे, मगर उनकी कोई भी दलील कारगर नहीं हुई। मेरे उपवास से किसी

को घबराने की आवश्यकता नहीं है। अगर नेताओं में ईमानदारी है, तो मार-काट बन्द हो जाएगी और मेरा उपवास भी खत्म हो जाएगा। लेकिन अगर मैं लोगों को दीवाना बनने से नहीं रोक सकता, तो फिर मरने के सिवा मैं कर क्या सकता हूँ?

वाचक : उपवास केवल तीन दिनों तक चला, लेकिन उतने ही समय में कलकत्ते का हृदय हिल गया। दोनों ही धर्मों के लोग गांधी जी के पास झुंड-के-झुंड आने लगे। कोई दल वादा करने को आता था, कोई इकरारनामा लिखकर लाता था और कोई यह कहने को आता था कि हमारे इलाके में कोई वारदात नहीं हुई है। जब यह साबित हो गया कि चौबीस घंटों के भीतर कहीं भी कोई वारदात नहीं हुई है, तब गांधी जी ने अपना उपवास तोड़ दिया और बयान देते हुए कहा :

गांधी जी : अच्छा किया कि लोगों ने लिखित इकरारनामे भी मुझे दिये हैं। मगर लिखित शब्दों के भरोसे मैंने उपवास नहीं तोड़ा है। विश्वास मैंने उनकी बातों का किया है। यह याद रखने की बात है कि जब कलकत्ते में शान्ति रहेगी, तभी नोआखाली और पंजाब भी शान्त होंगे।

वाचक : 9 सितम्बर, 1947 ई. को गांधी जी दिल्ली आए, जहाँ से वे फिर कभी बाहर न जा सके। यह वह समय था, जब दिल्ली शरणार्थियों से भरी हुई थी और शरणार्थियों पर जो कुछ गुजरा था, उसकी याद करके हिन्दू और सिक्ख क्रोध से जल रहे थे। दिल्ली के मुसलमान अपने-अपने घरों को छोड़कर जगह-जगह जमा होकर रह रहे थे। शरणार्थी-शिविरों में क्रोध था, निराशा थी, गन्दगी थी और घोर रूप

की अव्यवस्था थी। लोग छोटी-छोटी जगहों में जानवरों की तरह ठसाठस भरे थे। जो शरणार्थी थे, वे बेकसूर मुसलमानों का खून पी जाना चाहते थे। और दिल्ली के मुसलमान भय से थर-थर काँप रहे थे। गांधी जी घूम-घूमकर शिविरों को देखने लगे, सहमे हुए मुसलमानों को धीरज बँधाने लगे। प्रार्थना-सभा में उन्होंने कहा :

गांधी जी : जिन्ना साहब ने कहा था कि पाकिस्तान के हिन्दू उनके भाई हैं। मैं पाकिस्तान जाकर इस सचाई की जाँच करना चाहता हूँ। मगर अभी तो यहाँ दिल्ली में ही दंगे हो रहे हैं। यहाँ शान्ति हो, तो पाकिस्तान जाऊँ।

वाचक : दूसरे दिन मुस्लिम लीग के एक बड़े नेता गांधी जी के पास आए और बोले :

नेता : यह वह पाकिस्तान नहीं है, जिसकी हमने कल्पना की थी। अब तो शहर की हिफाजत सिर्फ आप कर सकते हैं।

वाचक : किंग्सवे कैम्प की प्रार्थना-सभा में भीड़ बहुत थी। मगर जैसे ही कुरान की आयत पढ़ी जाने लगी, एक आदमी चिल्ला उठा :

एक आदमी : इन्हीं आयातों के पढ़ने का नतीजा है कि हमारी माताओं और बहनों की इज्जत उतारी गई है, हमारे सगे-सम्बन्धी मारे गए हैं। अब हम आपको कुरान की आयत पढ़ने नहीं देंगे।

दूसरा आदमी : गांधी जी को दूर करो। गांधी मुर्दाबाद1

तीसरा आदमी : अजी, सुंन तो लेने दो कि गांधी जी क्या कहते हैं।

चौथा आदमी : हमें कुछ भी सुनना नहीं है। गांधी जी, लौट जाओ।

वाचक : सभा में कोलाहल मच गया और प्रार्थना रोक दी गई। गांधी जी वापस मोटर में जा बैठे। मगर भीड़ ने मोटर पर पत्थर फेंके।

12 सितम्बर को गांधी जी पुराने किले के शिविरों में गए। वहाँ भी भीड़ ने उन पर गुस्सा जाहिर किया।

[मोटर की आवाज]

एक आदमी : गांधी मुर्दाबाद!

दूसरा आदमी : गांधी; लौट जाओ!

तीसरा आदमी : हम सब कुछ गँवाकर आए हैं। हमें खून के बदले खून चाहिए।

चौथा आदमी : सारी फसाद की जड़ यही बुड्ढा है।

[भारी कोलाहल]

एक स्वयंसेवक : बापू जी, यहाँ खतरा है। ड्राइवर, मोटर को बढ़ाकर भीड़ से बाहर ले चलो।

गांधी जी : नहीं, मोटर मत बढ़ाओ। मैं इस भीड़ के साथ बात करूँगा।

वाचक : गांधी जी इतने कमजोर थे कि उनकी बोली सुनाई नहीं पड़ती थी। वे जो कुछ कहते, उसे एक दूसरा आदमी दुहराता जा रहा था :

गांधी जी : ईश्वर एक है। मैं हिन्दू, मुसलमान, सिक्ख और ईसाई में कोई भेद नहीं मानता। सब एक हैं।

कई लोग : बकवास है।

कई लोग : यही सब सुनाने आया है।

गांधी जी : मेरी प्रार्थना है कि आप शान्त रहें, गुस्से को छोड़ दें। खौफ भी छोड़ दें। आदमी चाहे जितना भी ताकतवर हो, वह हमारी रक्षा कर नहीं सकता। हमारी शरण तो भगवान हैं। आदमी ने जो बर्बादी की है, उसे भगवान ही दुरुस्त करेंगे और मेरी बात पूछो, तो मैं तो यहाँ करने या मरने को आया हूँ।

वाचक : शब्दों में कोई नया अर्थ नहीं था, मगर गांधी जी जिस दर्द से बोल रहे थे, उसका सुनने वालों पर असर पड़ा। उनमें से कई लोग रोने लगे। अभी जो गांधी जी के खून के प्यासे हो रहे थे, वे उनके भक्त हो गए। जब गांधी जी मोटर में बैठकर चले, भीड़ नारा लगाने लगी।

भीड़ : गांधी जी की जय! भारत माता की जय!

वाचक : उन्हीं दिनों काश्मीर पर पाकिस्तानियों और अफरीदियों ने हमला किया और भारत सरकार को काश्मीर की रक्षा के लिए फौज भेजनी पड़ी। इस स्थिति पर टीका करते हुए गांधी जी ने कहा :

गांधी जी : मैं मानता हूँ कि इस हमले के पीछे पाकिस्तान सरकार का हाथ है। संघ सरकार ने अच्छा किया कि श्रीनगर की रक्षा के लिए तुरन्त फौज भेज दी। जैसे थर्मापोली की रक्षा करते हुए स्पार्टा के वीर मिट गए थे, उसी प्रकार अगर संघ सेना की टुकड़ी काश्मीर को बचाने की कोशिश में मटियामेट हो जाए, तो इसका मुझे जरा भी दुःख नहीं होगा।

वाचक : हिन्दुस्तान और पाकिस्तान के बीच तनाव के बीसियों कारण थे। एक नया कारण और आ गया कि बँटवारे के हिसाब से पाकिस्तान के 55 करोड़ रुपये हिन्दुस्तान के पास निकलते थे। जब पाकिस्तान ने काश्मीर पर चढ़ाई की, तो भारत सरकार ने कहा, अभी ये रुपये हम नहीं दे सकते। गांधी जी समझते थे कि यह बेईमानी की बात है। उन्होंने लॉर्ड माउंटबेटन से पूछा :

गांधी जी : इस बारे में आपका क्या विचार है?

माउंटबेटन : अगर भारत ने ये रुपये नहीं दिये, तो उस पर यह पहला कलंक लगेगा।

वाचक : उस दिन से गांधी जी ने कहना शुरू कर दिया कि भारत सरकार को चाहिए कि ये रुपये वह पाकिस्तान को दे दे। और ज्यों-ज्यों वे इस बात पर जोर देते थे, त्यों-त्यों हिन्दू उनसे नाराज होते जाते थे।

एक नागरिक : भला देखो तो, हिन्दुस्तान और पाकिस्तान की लड़ाई है और यह बुड्ढा तब भी कहता है कि पाकिस्तान के रुपये दे दो।

दूसरा नागरिक : इसलिए कि इन्हीं 55 करोड़ रुपयों से पाकिस्तान हिन्दुस्तान से लड़ सके।

तीसरा नागरिक : देश का बँटवारा हो गया, पाकिस्तान के हिन्दू तबाह हो गए, मगर गांधी जी के दिल से मुसलमान की तरफदारी नहीं गई।

वाचक : हिन्दुओं का यह हाल था और राष्ट्रवादी मुसलमान गांधी जी से कह रहे थे :

राष्ट्रवादी मुसलमान : हमारे लिए पाकिस्तान में कोई जगह नहीं हो सकती, क्योंकि पाकिस्तान की हमने मुखालफत की थी और यहाँ दिल्ली में भी हम नहीं रह सकते, क्योंकि हिन्दू और सिक्ख हमें फाड़कर खा जाना चाहते हैं। ऐसे में आप हम लोगों की मदद कीजिए और हमें इंग्लैंड भेज दीजिए।

वाचक : गांधी जी बिग़ड़ पड़े।

गांधी जी : आप राष्ट्रवादी मुसलमान होकर ऐसी बातें बोलते हैं?

वाचक : मगर फिर उन्होंने गंभीर होकर कहा :

गांधी जी : दिल्ली पर से हमारा कब्जा ढीला हो रहा है। अगर दिल्ली गई, तो हिन्दुस्तान गया और हिन्दुस्तान गया, तो दुनिया में शान्ति न रहेगी।

वाचक : यह कोई जवाब नहीं था। उसी समय मन-ही-मन उन्होंने निश्चय किया, मैं आमरण उपवास करूँगा।

राष्ट्रवादी मुसलमान गांधी जी से 11 जनवरी को मिले थे। 12 जनवरी की प्रार्थना-सभा में गांधी जी ने घोषणा की :

गांधी जी : मेरा लाचारगी मुझे सताती रही है। उपवास के आरम्भ होते ही यह लाचारगी खत्म हो जाएगी। अपनी जिन्दगी से बढ़कर ऐसी कोई भी कीमती चीज नहीं हो सकती, जिसे एक पवित्र मनुष्य बलिदान करे। उपवास मैं तब तोड़ूँगा, जब मुझे यह विश्वास हो जाए कि सभी सम्प्रदायों के हृदय आपस में एक हो गए हैं।

वाचक : उपवास 13 जनवरी को आरम्भ हुआ और उसका असर बड़ी तेजी से बढ़ने लगा। सरदार पटेल ने पूछा :

सरदार पटेल : हमारा क्या कर्तव्य है?

गांधी जी : सबसे पहले पाकिस्तान के रुपये दे देने चाहिए।

वाचक : एक सिक्ख मित्र ने पूछा :

सिक्ख : आपका यह फाका किसके खिलाफ है?

गांधी जी : हिन्दू और सिक्ख मुसलमानों को दिल्ली से न निकालें, यह मैं चाहता हूँ। मगर बात इतनी ही नहीं है। मेरे उपवास का उद्देश्य सबकी आत्मा में जागृति पैदा करना है।

वाचक : गांधी जी ने यह उपवास मुसलमानों के हित में रखा था, मगर मुसलमान ही इससे सबसे अधिक घबराए हुए थे। उन्होंने आकर कहा :

मुस्लिम नेता : हमारी अर्ज सुनिए और मुसलमानों के हक में अपना फाका खत्म कर दीजिए। गांधी जी, आप न रहे, तो मुसलमानों को मदद और दिलासा कौन देगा?

वाचक : काश्मीर के प्रधानमंत्री शेख अब्दुल्ला ने आकर कहा :

शेख अब्दुल्ला : काश्मीर को आपकी जितनी जरूरत आज है, उतनी पहले और कभी नहीं थी। आप काश्मीर की खातिर फाका तोड़ दीजिए।

वाचक : कितने ही तार विदेश से और कुछ पाकिस्तान से भी आए, मगर गांधी जी टस-से-मस न हुए। मौलाना आजाद ने ठीक कहा था :

मौलाना आजाद : अगर हम पत्थर की दीवार से अपना सिर फोड़ लें, गांधी जी तब भी नहीं हिलेंगे। बहस करके उन्हें और ज्यादा तकलीफ देना बेकार है। हम अब यह सोचने की कोशिश करें कि क्या करने से वे अपना उपवास तोड़ने को तैयार होंगे।

वाचक : उपवास को अभी 24 घंटे भी नहीं हुए थे कि केन्द्रीय मंत्रिमंडल की एक बैठक बिड़ला भवन में हुई और सरकार ने पाकिस्तान को 55 करोड़ रुपये देने की बात मान ली। मगर जो लोग गांधी जी से नाराज थे, उनका गुस्सा इस फैसले से और भी बढ़ गया। रात में पश्चिमी पंजाब के सिक्खों ने बिड़ला भवन के दरवाजे पर प्रदर्शन किया।

कुछ लोग : हमें खून के बदले खून चाहिए।
हम इन्तकाम लेकर रहेंगे।
गांधी जी को मर जाने दो।

वाचक : यह शोर जवाहरलाल जी को सुनाई पड़ा। वे दौड़कर आए और भीड़ को ललकारते हुए बोले :

जवाहरलाल : कौन कहता है कि गांधी जी को मर जाने दो? उसकी हिम्मत हो, तो यही बात वह मेरे सामने आकर कहे। गांधी जी से पहले उसे मुझे मारना होगा।

वाचक : शोर गांधी जी को भी सुनाई पड़ा। उन्होंने कहा :

गांधी जी : वे लोग क्या चिल्ला रहे हैं?

सेवक : कहते हैं, गांधी जी को मर जाने दो।

गांधी जी : वे कितने हैं?

सेवक : ज्यादा नहीं हैं।

वाचक : गांधी जी राम-राम जपने लगे। मृदुला साराभाई उस समय लाहौर में थीं। उन्होंने तार भेजा :

मृदुला : यहाँ हर आदमी यह जानना चाहता है कि वह गांधी जी की जान बचाने को क्या करे।

वाचक : हिन्दू और मुस्लिम नेताओं के झुंड-के-झुंड गांधी जी को यह कहने को आने लगे कि हम एकता पर आ गए हैं और दिल्ली में अब कोई गड़बड़ी नहीं होगी। हिन्दुओं, मुसलमानों और सिक्खों की एक सभा में जवाहरलाल जी ने कहा :

जवाहरलाल : गांधी जी हिन्दुस्तान की रूहानी जिन्दगी के प्रतीक हैं। वे अगर मर गए, तो हिन्दुस्तान की आत्मा मर जाएगी। एक पैगम्बर की नजर से उन्होंने देख लिया कि साम्प्रदायिक दंगे यदि चलते रहे, तो हमारी आजादी खत्म हो जाएगी।

वाचक : उपवास के जादू ने काम किया। सिक्ख स्वयं सेवकों के जुलूस सड़कों पर एकता के नारे लगाते हुए घूमने लगे।

जुलूस : जो बोले सो निहाल,
सत् श्री अकाल।
गांधी जी को बचाओ,
दंगा करना बन्द करो।
हिन्दू, मुस्लिम, सिक्ख, ईसाई,
आपस में हैं भाई-भाई।

वाचक : गांधी जी के उपवास से दिल्ली के सभी लोग घबरा उठे। एकता के पक्ष में सभाएँ होने लगीं।

सभी कौमों के लोग आपस में गले-गले मिलने लगे। हिन्दू और सिक्ख मिलकर मुसलमानों को धीरज बँधाने लगे।

गांधी जी : दिल्ली के हिन्दुओं, मुसलमानों और सिक्खों के दिल आपस में मिल गए, तो मेरी शर्त पूरी हो गई। मगर यह एकता ऐसी होनी चहिए कि दिल्ली से बाहर हिन्दुस्तान या पाकिस्तान में आग लगने पर भी, यहाँ की एकता को आँच नहीं आनी चाहिए। मेरे उपवास का एक ही जवाब है : हिन्दू और मुसलमान आपस में मिल जाएँ और दोनों डोमिनियन आपस में करीब आ जाएँ।

वाचक : दिल्ली का ऐसा हृदय-मंथन हुआ कि सारी हवा ही बदल गई। फिर सभी जातियों और फिरकों के 130 नेताओं की एक केन्द्रीय समिति डॉ. राजेन्द्र प्रसाद जी के सभापतित्व में बनी और सभी नेताओं के हस्ताक्षर से एक दस्तावेज तैयार हुआ, जिसका आमुख था कि :

तीन व्यक्तियों का सम्मिलित स्वर : हम ऐलान करते हैं कि हमारी हार्दिक इच्छा है कि दिल्ली के हिन्दू, सिक्ख और मुसलमान जैसे पहले भाई-भाई की तरह रहते थे, वैसे ही फिर से रहेंगे। हम प्रतिज्ञा करते हैं कि मुसलमानों के मजहब, जान और माल की हिफाजत करेंगे और जो वारदातें इधर हाल में हुई हैं, वे दिल्ली में अब नहीं होंगी।

वाचक : शान्ति के इस इकरारनामे को पाकर 28 जनवरी को गांधी जी ने अपना उपवास तोड़ दिया। तब उन्हें पता चला कि दो दिनों से जवाहरलाल भी उपवास कर रहे थे। इतने में गांधी जी ने कहा :

गांधी जी : अरे, आर्थर मूर भी उपवास कर रहे थे। उन्हें फोन कर दो कि वे अपना उपवास अब तोड़ दें।

वाचक : आर्थर मूर ने फोन पर जवाब दिया :

आर्थर मूर : मुझे पहले ही खबर मिल गई थी। मैंने अभी-अभी कॉफी और सिगार पीकर अपना फाका तोड़ दिया है।

वाचक : लेकिन सबसे हृदय-द्रावक दृश्य वह था, जब एक सौ पर्दानशीन मुसलमान औरतों ने बिड़ला भवन में आकर गांधी जी से कहा :

कई औरतें : अल्लाह का लाख-लाख शुक्र कि उसने आपको बचा लिया। जिस दिन से आपने खाना नहीं खाया, उसी दिन से हम सब भी फाके पर रही हैं।

वाचक : शान्ति के प्रतिज्ञा-पत्र पर दस्तखत करने का दिल्ली में एक आन्दोलन ही शुरू हो गया और लगभग दो लाख लोगों ने प्रतिज्ञा-पत्र पर दस्तखत किए। 18 जनवरी की प्रार्थना-सभा में गांधी जी ने कहा :

गांधी जी : मुझे पता चला है कि कल से हजारों शरणार्थी और दूसरे लोग मेरी सहानुभूति में उपवास कर रहे हैं। हजारों व्यक्तियों ने मेरे पास लिखित आश्वासन भेजे हैं कि लोगों के दिलों में परिवर्तन हो गया है और वे सबको भाई मानते हैं। सारी दुनिया से मेरे पास आशीर्वाद के तार आए हैं। क्या इस बात का इससे अच्छा सबूत कोई हो सकता है कि मेरे उपवास में ईश्वर का हाथ था?

वाचक : दुनिया के नामी-नामी अखबारों ने इस घटना पर सम्पादकीय लेख लिखे और इस बात पर आश्चर्य प्रकट किया कि गांधी जी, बिना फौज और बिना रुपयों की ताकत के, इतना बड़ा चमत्कार कर सकते हैं। मैन चेष्टर गार्जियन ने लिखा :

मै. गा. : गांधी जी यदि सन्तों के बीच राजनीतिज्ञ हैं, तो राजनीतिज्ञों के बीच वे सन्त भी हैं।

वाचक : न्यूज क्रानिकल ने लिखा :

न्यू. क्रा. : सतहत्तर साल के इस बूढ़े और कमजोर आदमी की रहस्यमयी आध्यात्मिक शक्ति ने दुनिया को हिला दिया है और उसे नई प्रेरणाओं से प्रेरित किया है।

वाचक : और वाशिंगटन पोस्ट ने लिखा :

वा. पो. : इस बात की जरूरत है कि पूरब और पश्चिम, दुनिया के दोनों ही भागों में गांधी जी के समान आध्यात्मिक और नैतिक शक्ति वाले पुरुष उत्पन्न हों।

वाचक : लेकिन समूह के भीतर जहाँ इतनी सद्‌भावना जाग्रत हुई, वहाँ कुछ व्यक्तियों के हृदय और भी क्रोध से जल उठे। गांधी जी की इस महान विजय से घबराकर वे सोचने लगे कि गांधी जी की हत्या कर दी जाए, वही ठीक होगा। 20 जनवरी की प्रार्थना-सभा में एक बम का विस्फोट हुआ। इसका जिक्र करते हुए 21 जनवरी की प्रार्थना-सभा में गांधी जी ने कहा :

गांधी जी : कल के बम फूटने की बात कर लूँ। लोग मेरी तारीफ करते हैं और तार भी भेजते हैं, पर मैंने बहादुरी नहीं दिखाई। मैंने तो यही समझा था कि फौज वाले कहीं प्रैक्टिस कर रहे हैं। बाद में सुना कि बम था। अगर सामने बम फूटे और मैं न डरूँ, तो आप देखेंगे और कहेंगे कि वह बम से मर गया, तो भी हँसता ही रहा। आज तो मैं तारीफ के काबिल नहीं हूँ। जिस भाई ने यह काम किया, उससे आपको या किसी को नफरत नहीं करनी चाहिए।

वाचक : गांधी जी ने और भी कहा :

गांधी जी : आप भी भगवान का नाम लेते हैं। हमला हो, कोई पुलिस भी मदद पर न आवे, गोलियाँ भी चलें और तब भी मैं स्थिर रहूँ और राम-नाम लेता और आपसे लिवाता रहूँ, ऐसी शक्ति ईश्वर मुझे दे, तभी मैं धन्यवाद के लायक हूँ।

वाचक : 20 तारीख को जब बम फूटा, गांधी जी का सचमुच यह खयाल नहीं था कि बम प्रार्थना-सभा में फूटा है। रेडियो के टेप पर वे सब बातें दर्ज हैं जो उन्होंने बम विस्फोट के समय कही थीं।

गांधी जी : अगर कुछ नहीं हो, तब भी हम घबरा जाएँ, तो फिर उस वक्त हमारी क्या हालत होगी, जब सचमुच कोई बात हो जाए? सुनिए, सुनिए, हर आदमी शान्त रहे। कहीं कुछ नहीं हुआ है।

वाचक : दिल्ली में तो शान्ति थी, मगर गांधी जी समझ रहे थे कि पगले लोग उनकी जान के पीछे पड़े हैं। एक दिन एक आदमी गांधी जी के माथे की तेलमालिश कर रहा था। गांधी जी ने कुछ सोचकर कहा :

गांधी जी : अगर मैं बीमार होकर मरा, फोड़े या फुंसी से मरा तो तेरा काम होगा कि तू चीख-चीखकर कहे कि गांधी महात्मा नहीं था, ईश्वर का भक्त नहीं था। लेकिन अगर कोई आदमी गोली मार दे और मैं आह किये बिना भगवान का नाम लेता हुआ मरूँ, तो मेरा दावा सही हो जाएगा।

वाचक : दिल्ली में शान्ति स्थापित करने के बाद गांधी जी सोच रहे थे कि अब उन्हें कहाँ जाना चाहिए : कलकत्ता या पाकिस्तान? मगर भगवान उनकी अब और अधिक परीक्षा लेना नहीं चाहते थे।

30 जनवरी, शुक्रवार को, लगता है, उन्हें अपनी मृत्यु का पूर्वाभास होने लगा था। गांधी जी को कफ का आजार हो गया था। मनु गांधी उनके लिए दवा तैयार करने लगी, जिसे गांधी जी को रात को लेना था। गांधी जी ने मनु से कहा :

गांधी जी : कौन जानता है कि रात होते-होते क्या हो जाएगा या रात तक मैं जीवित भी रहूँगा या नहीं? रात तक मैं जीवित रह गया, तो दवा उसी वक्त तैयार कर लेना।

वाचक : उस दिन गांधी जी ने अपने सचिव श्री प्यारेलाल को उस वसीयत की कॉपी दी जिसे उन्होंने कांग्रेस के लिए तैयार किया था।

गांधी जी : कांग्रेस अपना काम पूरा कर चुकी। अब उसे लोक-सेवक-संघ का रूप ले लेना चाहिए।

वाचक : 30 जनवरी की शाम को गांधी जी देर तक सरदार वल्लभ भाई पटेल से बात करते रहे। जब वे प्रार्थना के लिए चले, रास्ते में किसी ने उनसे कहा :

आदमी : बापू जी, काठियावाड़ के दो कार्यकर्ता आपसे मिलने आए हैं। उन्हें कब बुलाया जाए?

गांधी जी : उनसे कहो कि अगर मैं जिन्दा रहा, तो प्रार्थना के बाद उनसे मिल लूँगा।

वाचक : किन्तु प्रार्थना से पहले ही भगवान ने गांधी जी को अपने पास बुला लिया। जो हाल सुकरात का हुआ, मंसूर का हुआ, ईसा मसीह का हुआ, वही हाल गांधी जी का हुआ। रास्ते में गांधी जी ने आभा और मनु से कहा :

गांधी जी : आज मैं दस मिनट लेट हो गया। प्रार्थना में देर से पहुँचना मुझे अच्छा नहीं लगता।

वाचक : इतने में एक हत्यारे ने उनकी राह रोक ली। मनु उसका हाथ पकड़कर चिल्ला उठी :

मनु : हटो, सामने से हट जाओ। बापू की राह मत रोको।

वाचक : गांधी जी भीड़ के नमस्कार का उत्तर देने को दोनों हाथ जोड़े हुए थे कि इतने में :

ठाँय, ठाँय, ठाँय!

तीन गोलियाँ चलीं और गांधी जी :

गांधी जी : हे राम!

वाचक : कहकर धराशायी हो गए। हत्यारा पकड़ा गया, सभा में कोलाहल मच गया और सभी लोग आर्त्तनाद करने लगे।

[शोक-व्यंजक संगीत]

वैष्णव जन तो तेणे कहिए
जे पीर पराई जाणे रे!
पर दुःखे उपकार करे तोय
मन अभिमान न आणे रे!

❂❂❂